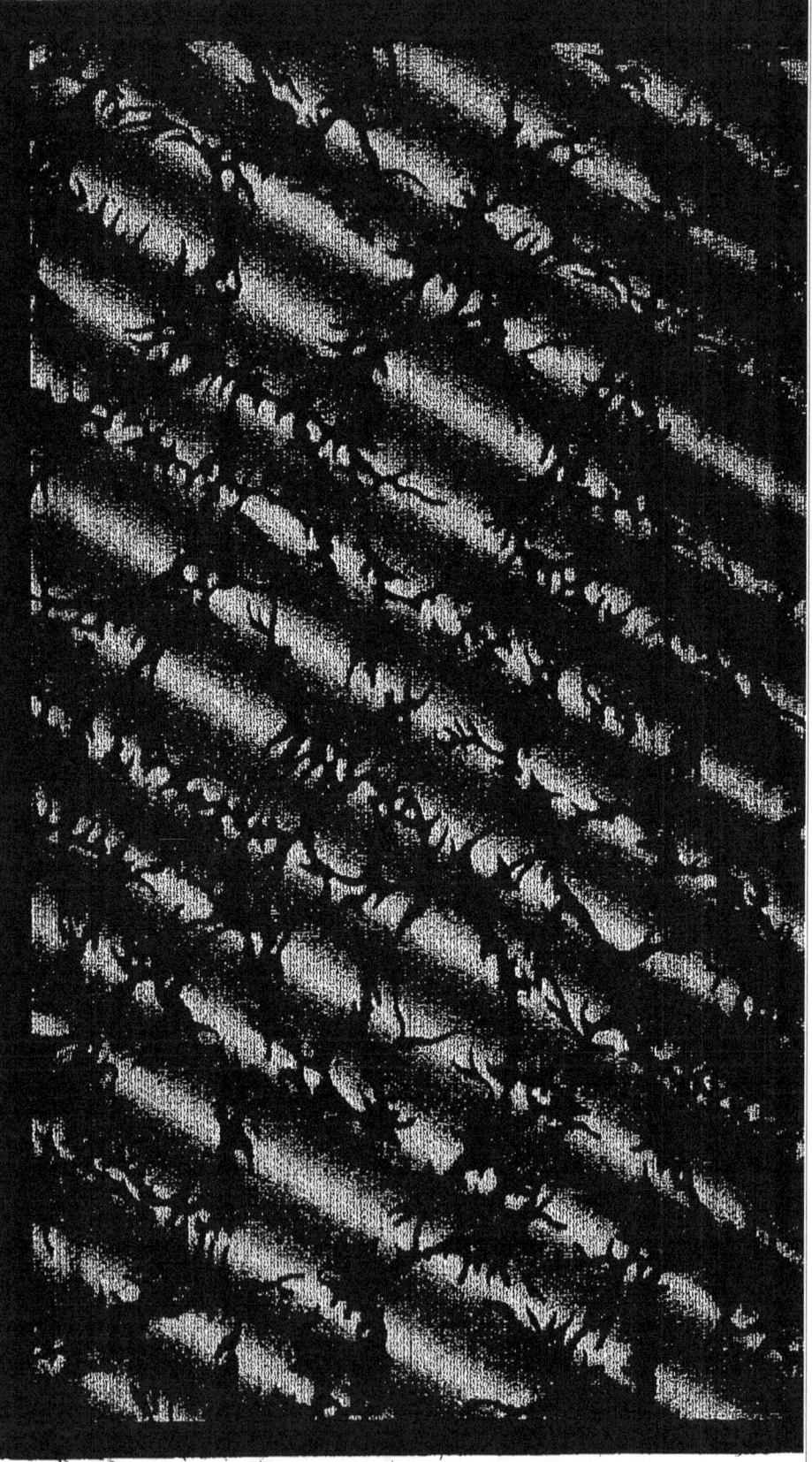

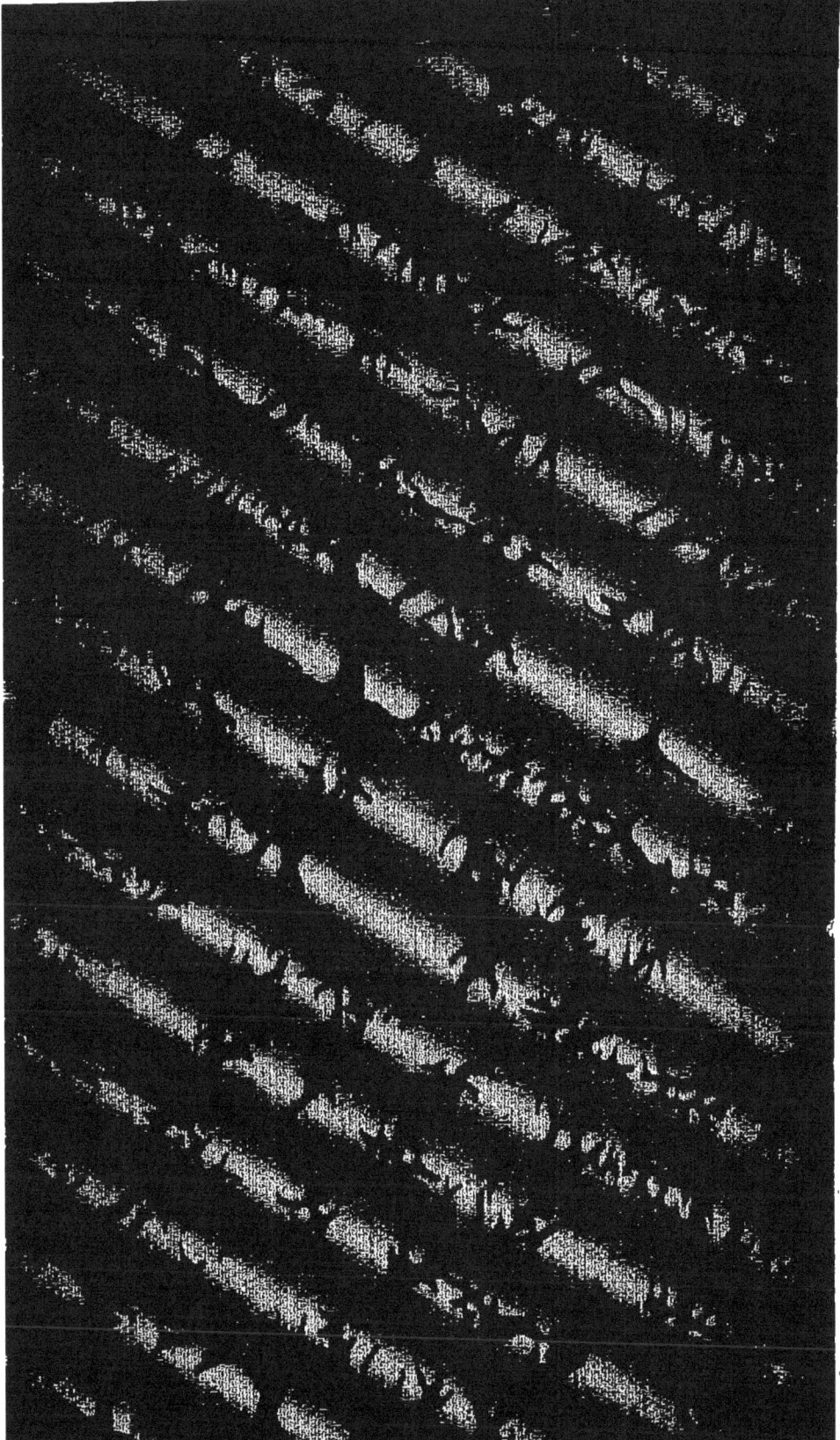

FLEURS

DES

LANDES

POÉSIES

Par Jean LACOU,

de Bordeaux.

BORDEAUX

IMPRIMERIE DE G.-M. DE MOULINS, RUE MONTMÉJAN, 7.

1853

Y

FLEURS DES LANDES.

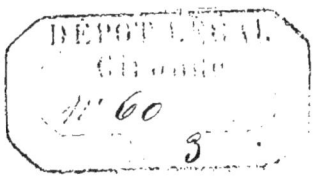

FLEURS

DES

LANDES

POÉSIES

Par Jean LACOU,

de Bordeaux.

BORDEAUX

IMPRIMERIE DE G.-M. DE MOULINS, RUE MONTMÉJAN, 7.

1853

A M. THÉODORE DUCOS,

Ministre de la Marine et des Colonies.

HOMMAGE

D'ESTIME ET DE RECONNAISSANCE.

%

1*

Voyageurs de tous pays, si jamais vous venez à Bordeaux, n'oubliez pas qu'à cinquante-six kilomètres de la capitale de la Guienne il est un calme et frais séjour situé sur les bords d'un des bras du grand Océan, et qui porte le nom d'Arcachon.

Si donc il vous prend fantaisie d'aller, par un beau jour d'été, visiter ces lieux à la fois sauvages et riants, vous serez enchantés de votre excursion, car vous aurez vu dans peu de temps l'un des plus beaux bassins de l'Europe ; de charmants établissements de bains de mer, où les habitants de la Gironde et de beaucoup d'autres départements vont en foule, chaque année, ranimer leur santé en se plongeant dans les eaux fraîches et vivifiantes qui baignent la plage d'Eyrac, et en respirant l'odeur balsamique de ces

grands pins toujours chauds et toujours verts, orne-
ment de ces belles forêts qui s'étendent de la Ga-
ronne à l'Adour.

Sans doute vous ne trouverez pas à Arcachon des
paysages variés comme on en rencontre en parcourant les montagnes de l'Auvergne ou des Pyrénées ;
les splendeurs de la nature n'y brillent pas non plus
comme en Espagne ou en Italie ; les bords de ces plages immenses qui vous conduisent vers Bayonne n'ont
pas des falaises accidentées comme les côtes de la Bre-
tagne ou de la Provence ; les bois qui environnent la
Teste n'offrent pas le charme de ces beaux ségrais
qu'on aperçoit au milieu de tant d'autres campagnes,
et le bassin d'Arcachon n'est pas entouré de riants
coteaux comme les lacs de la Suisse ou de la Savoie.
Mais vous ne trouverez nulle part un séjour plus sa-
lutaire pour la santé, un air plus pur et plus suave
que celui que répand la brise qui passe par ces beaux
parages des landes ; brise qui vous apporte à la fois la
fraîcheur de la mer et les parfums de la forêt ; et si
vous aimez les sites agrestes et les promenades sur
l'eau, le bassin d'Arcachon, le lac de Cazaux et les
excursions faites à trois lieues de la Teste, au lieu dit
la Montagne, vous offriront assez d'agréments et de
charmes pour que vous hésitiez à accorder la préfé-
rence à d'autres lieux cités pour renfermer de beaux
tableaux de la nature.

Et puis, Arcachon a l'avantage de donner à ses
baigneurs et promeneurs un bien-être qu'on ne trouve
pas dans les autres établissements : on n'y connaît ni

faste ni étiquette ; et, sur ce point, je suis bien de l'avis de ceux qui ne trouvent aucun plaisir à abandonner une ville pour aller s'installer dans une autre, y trouver une société à peu près semblable à celle qu'on vient de fuir, et où le luxe et les grands airs vous occupent encore l'esprit ; de façon que, allant aux eaux pour rétablir sa santé et oublier un peu les tracas des affaires, on se retrouve mener une vie aussi fatigante que celle qu'on vient de quitter.

Aussi je t'aime, ô plage d'Arcachon, parce que sur tes bords on y vit libre et heureux ! Je n'en veux seulement qu'à tes charmantes baigneuses qui t'abandonnent si vite pour retourner dans les cités tumultueuses, où la liberté est gênée par mille entraves... Oh ! pourquoi donc, Mesdames, vous enfuir ainsi, lorsque tout vous sourit encore ?

Quand les beaux jours d'été commencent à perdre leurs charmes, et que la fraîche brise d'automne arrive refroidissant un peu les airs et les eaux, vous commencez à vous plaindre doucement de la vie qu'on mène à Arcachon ; il vous semble que les autres campagnes sont plus belles, et que la société des villes vous force à rentrer au plus tôt afin de mieux passer votre temps, et pourtant, tandis que vous allez ailleurs rechercher les fêtes du monde, le bonheur règne toujours ici. La nature qui pare les champs autour des autres villages se montre pâle et jaunie, et les vieilles cités commencent aussi à laisser paraître un coin de leur tableau de brume et de brouillard.

Arcachon, au contraire, gardant encore sa teinte

monotone, se montre toujours frais et souriant ; le bassin est toujours beau ; le bon air vous vivifie comme dans la chaude saison ; la forêt est toujours verte et pleine d'harmonie, et les vivaces arbousiers, les ajoncs agrestes, les houx élégants et les bruyères roses, montrant à la fois leurs rameaux chargés de fleurs et de fruits, embellissent richement ces charmantes contrées.

Je conçois que les voyageurs souffrants ou bien portants qui se répandent chaque année dans les établissements de Spa, de Baden, de l'Auvergne, des Pyrénées ou des bords de la Manche et de l'Océan s'empressent de quitter ces parages quand septembre commence à paraître. Ces localités n'étant bonnes que pour les eaux, il ne fait pas bon y demeurer quand la bise s'apprête à faire siffler ses rafales, ou que la neige menace d'envahir les champs et les rues qui forment et entourent ces charmantes villes situées dans les plus jolis endroits de la France et de l'Allemagne.

Mais Arcachon possède deux choses : la mer et la forêt. Donc, si les bains ne peuvent plus être pris, il reste encore à respirer le bon air toujours épuré par la brise marine et l'aromate des pins, et à faire ces joyeuses promenades dans les sentiers sinueux de ces grands bois, toujours bruyants et chaleureux !

Vous avez donc bien tort, Mesdames, de ne pas rester dans ce beau séjour jusqu'à la fin d'octobre, pour jouir largement de ces derniers beaux jours qui

savent si bien nous ranimer quand quelques présages
de l'hiver viennent attrister nos regards et impression-
ner nos âmes.

. . . .

Et maintenant, chers Lecteurs et chères Lectrices,
vous tous qui avez bien voulu jeter un regard sur
les premières pages de cette préface, où j'ai essayé de
dépeindre tout le charme que possède Arcachon, je
vous prierai de vouloir bien achever de lire ces der-
nières lignes qui vous parleront des pauvres chants
qui remplissent ce livre.

FLEURS DES LANDES... Comme vous le savez, elles
sont pauvres ces fleurs qui croissent parmi les ronces
et les épines, au milieu de ces plaines incultes, et à
l'ombre de ces mille arbustes et de ces grands arbres,
qui forment ensemble les parties de ces vastes forêts
si agrestes et si sauvages!...

Aussi connaissant mes faibles moyens, je n'ai pu
faire autrement que de donner ce nom à ces pauvres
feuilles que j'abandonne aujourd'hui au vent de la cri-
tique.

. . . .

Il ne m'appartient plus ce pauvre livre, mes juges
s'en sont déjà emparés... Adieu plaisirs, adieu bonheur! soins tendres et doux, peines chéries, pensées
intimes, effervescences suaves... adieu!

Je ne puis plus maîtriser ce léger esquif qui m'a
bercé tant de fois au sein des eaux calmes et tranquilles! A force de naviguer de rivière en rivière, mon
orgueil, peu satisfait, a voulu se contenter autre-

ment... Je suis entré dans un grand fleuve qui m'a
eu bientôt conduit à la mer, et aujourd'hui j'appar-
tiens tout entier aux flots et à la tempête... Le ciel
est noir, le vent souffle fort, l'orage gronde déjà...
et je me dis souvent : Me sauverai-je ? — J'attends,
en réclamant toujours indulgence et bonté de ceux
que je vois là-bas sur le rivage et à l'abri de tout
danger. Si quelques voix m'encouragent, quelques
mains pourront me sauver... En attendant ma destinée, je reste debout et tremblant au milieu de ma
nacelle, et ma voix, cherchant à dominer les bruits
de la tourmente, vous crie encore : Indulgence et
bonté !...

Arcachon , à la Maisonnette , novembre 1832.

Marché Couvert de Joinville. — Place du Gil... et Rue ...

ADIEU A L'ADOLESCENCE.

———

A mon ami V. de B.

⚬╪⚬

Maintenant que mon cœur n'a plus de fou délire,
Et que je vais changer les cordes de ma lyre
Pour qu'elle puisse rendre un son plus sérieux,
Ami, pensant encor au doux printemps de l'âge,
Je regrette, en pleurant, ce bonheur sans nuage
Qui, pendant bien longtemps, nous a rendus heureux.

Comme de pauvres fleurs par les autans fanées,
Nous voyons loin de nous fuir ces belles années

2

Si pleines d'avenir, de bonheur et d'espoir !...
Adieu donc les projets de la joyeuse enfance;
Adieu songes dorés de notre adolescence !
Notre matin s'enfuit... et nous touchons au soir.

Vingt-cinq ans !... et pourtant on peut bien voir encore
Des jours calmes et purs !... Mais notre douce aurore
Avec ses beaux rayons ne reparaîtra plus !
Quand l'automne s'achève et que l'hiver commence,
Triste, et le front rêveur, le vieillard recommence
A plaindre et regretter tous ses beaux jours perdus.

S'il est pour l'homme mûr un temps de dure épreuve,
Pour celui qui commence à descendre le fleuve
Qui mène son esquif dans le sombre océan,
Il peut bien être triste en quittant le rivage
Où jamais il ne vit se déchaîner l'orage;
Il peut frémir, craignant un terrible ouragan...

Tout passe, tout s'éclipse ici-bas, tout succombe :
A la fin des beaux jours la feuille des bois tombe;
Le poitrinaire expire au milieu des douleurs;
Le pauvre oiseau souvent dans le filet se jette...
Le vaisseau disparaît quand gronde la tempête,
Et l'Aquilon flétrit les plantes et les fleurs.

Toute chose a son but, chacun poursuit sa route,
Les uns dans la croyance, et d'autres dans le doute :

Le chrétien se confie à la voix d'un pasteur ;
Le philosophe pense et juge notre vie ;
Un stoïcien gémit, un roi suit son envie,
Et le poète chante et bénit le Seigneur !

Mais que de noirs pensers qui torturent son âme ;
Que de tourments aigus que le plus doux dictame
Ne peut, hélas ! calmer, tant son mal est affreux !
Ce sont des souvenirs reportés sur l'enfance,
De beaux rêves détruits, une vaine espérance,
Et l'avenir, souvent, qui paraît dangereux...

Ce sont des liens rompus, les regrets d'une amie,
Compagne du jeune âge à notre amour ravie ;
Un ami qu'on aimait et qu'on ne peut plus voir ;
Des foyers bienheureux que le malheur remplace ;
Un doux toit paternel qui conserve une place
Où l'on ne peut, hélas ! aller encor s'asseoir.

Oh ! qui me les rendra ces biens que je regrette,
Ces plaisirs enivrants, cette ivresse parfaite ;
Mes rêves de douze ans, si purs et si joyeux !
Vingt ans ! la liberté, la molle quiétude,
Des désirs enchantés, le charme de l'étude,
Et la gloire montrant son prisme radieux !

Mais non, contentons-nous de tout ce qui nous reste :
Je vois encor là-haut, dans la voûte céleste,

Une étoile qui brille et qui guide mes pas ;
J'ai des amis que j'aime, et dont la voix m'est chère ;
Un bon père, des sœurs, une bien tendre mère,
Et pour bien me charmer, une lyre ici-bas !

C'en est donc fait, mon Dieu, je ne veux plus me plaindre,
Et lorsque le malheur, hélas ! viendra m'étreindre
Et m'enlever tous ceux qui me sont doux et chers,
Sous le poids de mes maux je courberai la tête,
Je vous dirai : Seigneur, que votre loi soit faite ;
Et je vous bénirai toujours dans mes revers.

Comme moi, mon ami, bénis ta destinée ;
Songe qu'à bien des cris notre âme est condamnée ;
Qu'Atropos, dans ses mains, tient le fil de nos jours ;
Que notre vie, hélas ! s'éclipse comme un rêve ;
Que l'arbre tombe et meurt quand il n'a plus de sève,
Et qu'un ruisseau glacé suspend son joyeux cours.

Ainsi nous partirons, ami, de cette terre,
Nous irons reposer dans l'enclos funéraire,
Où depuis bien longtemps dorment tous nos aïeux ;
Heureux si nous pouvons croire que la verdure
Et les fleurs orneront notre humble sépulture :
Car ce bonheur est doux en quittant ces bas lieux.

Jusque-là, supportons nos maux avec courage,
Songeons qu'il est, hélas ! tant d'âmes en veuvage,

Des cœurs bien plus que nous malheureux et souffrants.
Si le mot de bonheur paraît trop éphémère,
Ne nous plaignons jamais, mais, par une prière,
Remercions le Ciel, et mourons bien contents.

Bordeaux, 1847.

PREMIER AMOUR.

A Mathilde.

Après avoir longtemps souffert dans le silence,
Après avoir gémi sur le sort de nos jours,
Je te vois luire enfin, flambeau de l'espérance,
Et tes brillants rayons vont me charmer toujours.

L'avenir, à mes yeux, ne paraîtra plus sombre,
Mes nuits se passeront dans la sérénité,
Et tous ces maux divers, dont je ne sais le nombre,
Feront place bientôt à la félicité!

D'où me vient ce bonheur, d'où me vient cette ivresse?
Réponds, mon pauvre cœur, c'est à toi de parler.
Quelle chose a donc pu dissiper ma tristesse?
Qui donc dans mon malheur a su me consoler?

C'est que, dans ces chemins où la foule bruyante
S'écoule chaque jour comme un torrent grondeur,
Mes yeux ont vu passer une fille charmante
Dont le noble maintien révèle la candeur;

C'est qu'aujourd'hui, joyeux, je livre ma nacelle
Aux flots capricieux du fleuve des plaisirs,
En rêvant au bonheur, et chantant, auprès d'elle,
Mes plus tendres chansons et mes plus doux soupirs;

C'est que son saint amour, en ranimant ma vie,
A chassé la douleur qui torturait mon sein;
C'est que toujours mon âme est heureuse et ravie
Lorsque son doux regard s'arrête sur le mien.

Loin de moi, maintenant, les soucis, les alarmes,
Les rêves décevants et les transports jaloux.
Entretiens d'amitié, que vous avez de charmes!
Premiers serments d'amour, oh! que vous êtes doux!

Que j'aime ses attraits, que j'aime son sourire,
Les bandeaux ondoyants de ses brillants cheveux,
Sa joue en fleur, son front, où la grâce respire,
Et sa bouche inhabile aux frivoles aveux.

Mon Dieu! vous qui n'aimez que les charmantes choses,
Les élans généreux et remplis de douceurs,
Au-devant de ses pas, faites fleurir des roses;
Qu'elle marche toujours sur un tapis de fleurs!

Dans ce monde trompeur, où souvent en partage
L'on n'a rien que regrets et que déceptions,
Contre les coups du sort, protégez son jeune âge;
Promettez-lui toujours des consolations;

Qu'elle reste toujours bonne et charmante fille,
Qu'elle garde la foi dans son cœur vertueux,
Et qu'heureux de trouver une double famille,
Nous puissions à jamais vous bénir tous les deux!

Avril 1852.

LE BASSIN D'ARCACHON.

Qu'il est doux d'habiter cet agreste rivage,
Ce beau lac de la mer où le flot est si pur !
Où le joyeux poisson et le frais coquillage
Se laissent mollement porter de plage en plage
      Par la vague d'azur !

Qu'il est doux de voir fuir ces légères nacelles,
Ces barques de pêcheurs s'inclinant sous le vent,
Et quand le ciel est calme et que les eaux sont belles,
D'y voir passer dessus l'ombre des blanches ailes
      Du léger goëland !

Qu'il est doux, chaque soir, quand commence la brune,
De parcourir ces bords toujours silencieux,
Voir le flot scintiller aux rayons de la lune,
Et contempler le phare, aussi beau sur sa dune
      Qu'une planète aux cieux !

Qu'il est doux, le matin, quand Phébus veut paraître,
De voir ses feux dorer les établissements,
L'habitant qui, joyeux, en rouvrant sa fenêtre,
Fredonne un gai refrain, revoyant apparaître
      Les signes du beau temps !

Qu'il est doux, quand la mer refoulant sa marée,
Recouvre de ses eaux les verdoyants *crassats,*
De voir, dans le bassin, la troupe aventurée
Des baigneurs s'agitant dans une onde troublée
      Par leurs joyeux ébats !

Ah ! ne me dites plus qu'on peut trouver en France
Des bains plus recherchés, des baigneurs plus nombreux :
Arcachon du bonheur est bien la résidence ;
Ses eaux et sa forêt sont pleines d'espérance,
      Et font beaucoup d'heureux !

PRIÈRE D'UN ENFANT.

—

A Jésus.

Petit Jésus, toi que mon cœur adore,
Toi dont je suis les préceptes divins,
Toi que partout on chérit, on honore,
Qu'on nomme roi des anges et des saints,
Pour me guider dans cette vie amère,
Où tous mes pas risquent d'être perdus,
Daigne souvent exaucer ma prière,
   Petit Jésus !

Petit Jésus, quand ma voix te demande
De m'accorder quelques dons précieux,
Pour que je puisse, un jour, te faire offrande
De tous les fruits qui résulteront d'eux,
Accorde-moi, dans mon adolescence,
De ces faveurs qui charment les élus,
J'en garderai toujours reconnaissance,
  Petit Jésus !

Petit Jésus, laisse à mon tendre père
L'heureux espoir que ses enfants chéris
Suivront toujours l'innocente carrière
Qu'en leur jeune âge ils auront entrepris ;
Puis à ma mère, âme si généreuse
Dont en tous lieux on vante les vertus,
Fais qu'elle vive étant toujours heureuse,
  Petit Jésus !

JOCELYN ET LAURENCE.

―――

A M. Alph. de L.

Ils vécurent tous deux pendant longtemps tranquilles
Dans un asile agreste et loin du bruit des villes.
Jamais le ciel contre eux ne s'arma de courroux,
Et l'exil, bien souvent, leur parut calme et doux.
Jocelyn prodiguait chaque jour à Laurence
Des soins et des bontés, des mots pleins d'innocence.
Ils n'avaient pour trésor, ils n'avaient pour tout bien,
Que l'air pur des grands monts, une humble grotte, un chien,
Une source d'eau claire et les fleurs des montagnes.
Parfois quelques pigeons, parcourant les campagnes,

Venaient se reposer dans leur calme séjour,
Et près des deux amants voltigeaient tout le jour ;
Puis une jeune biche, objet de leurs tendresses,
Venait là recevoir quelques douces caresses.
Laurence la pressait parfois contre son sein,
Aimait à partager avec elle le pain
Que le pâtre apportait seul, chaque matinée,
Dans le creux du rocher... Heureuse destinée
Que vous voyiez alors, tendres et beaux enfants !
Oh ! qui vous aurait dit qu'un jour les noirs tourments,
La peine, la douleur, attristeraient votre âme ?
Que vous verriez mourir cette divine flamme
Qui donnait à vos cœurs tant de force et d'espoir ?...
— Comme le voyageur au moment de revoir,
Après de longs regrets et des jours de souffrance,
Les lieux où s'écoula le temps de son enfance,
Oh ! combien il ressent de joie et de bonheur
En pensant que bientôt il pourra, sur son cœur,
Presser avec transport ses amis et ses frères,
Et s'asseoir pour toujours au foyer de ses pères.
Ainsi, pauvres enfants, ainsi vous vous berciez
D'avoir un avenir où toujours vous pourriez
Vivre en étant exempts de peines et d'alarmes.
Hélas ! vous avez vu s'éclipser ces beaux charmes
Aussi vite qu'on voit dans les beaux jours d'été,
Le soir, quand le soleil à son point limité
Arrive, et que, n'ayant plus de rayons sans nombre,
Il se cache à nos yeux sous un nuage sombre...
Toi, blanche jeune fille, oh ! toi qui, dans ton cœur,
Conservas si longtemps la vertu, la candeur,
Combien tu dus souffrir, ô pauvre infortunée,
En te voyant de lui, hélas ! abandonnée ;

Quand tu n'eus plus d'ami pour te presser la main
Et compter les soupirs qui sortaient de ton sein !
Et pourtant cet ami n'était pas bien coupable :
Il t'aimait d'un amour sincère et véritable ;
Mais un jour une voix vint dominer son cœur ;
Et lui, croyant entendre un arrêt du Seigneur,
Fit ses vœux au milieu d'une douleur mortelle...
Mais jamais, non jamais, dans sa peine cruelle,
Au pied du saint autel, en faisant son serment,
Il ne put dans son cœur oublier un moment
La vierge qui s'était attachée à sa vie,
Qui, pour lui, de mourir aurait été ravie ;
Celle qui tant de fois lui dit avec amour :
« Avec toi, Jocelyn, vivre et mourir un jour ! »

. . . .

. . . .

Dans une même tombe, au bord d'une onde pure,
Au milieu des parfums, des fleurs, de la verdure,
A l'ombre d'une croix, cet abri du malheur,
Ils reposent en paix dans le sein du Seigneur !

. . . .

. . . .

LE RÉSINIER.

❀

Le résinier se plaît toujours
Dans la forêt verte et profonde ;
Il se trouve heureux loin du monde ,
Car rien ne trouble ses amours.

Qu'importe à l'homme au goût rustique
Les débats de la politique !
De l'orgueil ignorant les maux ,
Il se complaît dans ses travaux ;
Il ne laisse point sa famille
Pour rechercher de ville en ville

Ces titres, ces rangs, ces honneurs
Qui n'occasionnent que douleurs...
Habitons loin de tout village,
Au faîte d'un coteau sauvage.

Le résinier se plaît toujours
Dans sa forêt verte et profonde;
Il se trouve heureux loin du monde,
Car rien ne trouble ses amours.

Jamais la grêle ni l'orage
A ses beaux fruits ne font outrage,
Et la gelée, au doux printemps,
N'attriste pas non plus ses champs;
Les insectes et la vermine
Ne dévorent pas la résine,
Et près de son humble maison
Il fait toujours ample moisson!...
Heureux celui qui sur la terre
Vit sans connaître la misère...

Le résinier jouit toujours
Dans sa forêt verte et profonde;
Il se trouve heureux loin du monde,
Car rien ne trouble ses amours.

LA FLEUR DES RUINES.

Petite fleur de rose et d'or
Qui penchais ton front à la brise,
Sur la muraille verte et grise,
Ah ! vite, reparais encor.
Le doux printemps vient de renaître,
Et si je rouvre ma fenêtre,
C'est pour te voir, petite fleur
Qui parles si bien à mon cœur !
Petite fleur, petite fleur
Qui parles si bien à mon cœur !

Petite fleur, j'aime à te voir
Fleurir sur la vieille tourelle
Où vient la joyeuse hirondelle
Se reposer en paix le soir.
Le doux printemps vient de renaître,
Et si je rouvre ma fenêtre,
C'est pour te voir, petite fleur
Qui parles si bien à mon cœur!
Petite fleur, petite fleur
Qui parles si bien à mon cœur!

Petite fleur, comme autrefois,
Viens enchanter mes rêveries.
Par moi ne sont pas tant chéries
Les fleurs des prés, les fleurs des bois;
Seule tu fais mon bien suprême.
Oh! quand je te dis que je t'aime,
Vite, parais, petite fleur
Qui parles si bien à mon cœur!
Petite fleur, petite fleur
Qui parles si bien à mon cœur!

Au D. de B.

✢

Prince, il est près de Blois un château magnifique
Dont les flèches de loin s'offrent au voyageur ;
Il est de beaux jardins, il est un parc antique
Où l'on peut vivre en paix et trouver le bonheur ;
Il est de vastes bois pleins de frais lits de mousses,
Et de jolis oiseaux qui charment leur séjour ;
Il est une rivière, aux eaux calmes et douces,
Où l'on peut naviguer sans crainte nuit et jour ;
Il est des champs dorés et des routes fleuries
Où marchent librement des villageois joyeux ;
Il est de beaux troupeaux dans de vertes prairies ;
Tout cela dans Chambord, manoir délicieux !

Eh bien ! ne demandez que de voir votre vie
S'écouler là, tranquille, à l'abri des tourments.
Croyez-moi, repoussez toute fatale envie
Qui vous exciterait à voir du mauvais temps.
Oui, Prince, croyez-moi, demandez à la France
Le droit d'y revenir en simple citoyen,
Pour passer à Chambord un temps de jouissance,
Sans faire d'autres vœux, sans vouloir d'autre bien.
Imitez les vertus de votre auguste père,
Ne parlez de combats qu'envers les étrangers,
Et répétez souvent : « Oui, la France est ma mère,
» Je ne veux pas la voir au milieu des dangers ! »

ÉCOUTE-MOI !

Eh ! quoi, tu veux aller vivre loin du village,
Tu veux donc, jeune encor, connaître le malheur ?
La volupté te charme, et la gaîté t'engage
A céder aux désirs de quelque amant trompeur ?
Ici ton calme est pur, ta vie est embellie,
Tu goûtes le repos, l'ivresse des beaux jours,
Et tu veux tout quitter ? Ah ! crois-moi, c'est folie.
Ce bonheur, mon enfant, ne dure pas toujours.

Tu crois qu'avec de l'or on peut jouir sans cesse,
Que les fêtes du monde ont des attraits constants,
Et que par ta beauté tu deviendras princesse
Et reine d'une cour de gais et beaux amants?
Ces attraits, un moment, sur nous prennent empire;
Mais, plus tard, on n'y voit rien que de vains atours,
Et, la tristesse au cœur, on n'y peut plus sourire.
Ce bonheur, mon enfant, ne dure pas toujours.

Ah! reste parmi nous, reste avec ta famille,
Ou crains d'affreux réveils aux nuits de ton printemps.
Ne songe, en t'endormant, qu'aux jeux sous la charmille,
Aux danses du bosquet, à la paix de nos champs.
Si tu sais conserver ta naïve sagesse,
Tu vivras sans regrets au sein des vrais amours;
L'avenir t'offrira des charmes pleins d'ivresse,
Et ce bonheur alors pourra durer toujours.

A la Vierge de mes rêves.

❧

Au poète il faut peu de chose
Pour faire palpiter son cœur :
Un souffle de brise, une rose,
Vont lui montrer un doux bonheur ;

L'oiseau qui chante sur la branche,
Un rayon de soleil levant,
Une fleur qui le soir se penche
En se tournant vers le couchant ;

Un bruissement de feuillage,
Le doux murmure d'un ruisseau,
La lune derrière un nuage,
Une brume sur le coteau;

Du pêcheur la barque à la voile,
Le bruit des vagues de la mer,
Dans la nuit une blonde étoile
Qui file et disparaît dans l'air;

Les pâtres au sein des prairies
Qui jouent de leurs chalumeaux,
Le son des clochettes chéries
Pendues au cou des chevreaux;

Une rumeur dans la vallée
Quand la nuit tend son voile noir,
Une cloche à lente volée
Qui sonne l'Angélus du soir.

Mais ce qui lui plaît davantage,
Oh! je crois, c'est une beauté
Qui tourne vers lui son visage
Et lui sourit avec bonté!

L'HUITRE DE GRAVETTE.

O vous, joyeux soutiens
De la gastronomie,
Qui passez votre vie
Au milieu des festins,
Mettez-vous en goguette
Pour chanter ma chanson
Sur l'huître de gravette
Du bassin d'Arcachon !

En vain les habitants
D'Ostende et de Cancale
Disent que rien n'égale
Les huîtres de leurs bancs !...
Je plains la pauvre tête
Qui croit à ce *dit-on*.
Rien ne vaut la gravette
Du bassin d'Arcachon !

Parcourez l'Océan,
Arrivez dans la Manche,
Au fond de la mer Blanche
Arrêtez votre élan ;
Cherchez l'huître qu'on fête,
Et dites tout de bon,
Si ça vaut la gravette
Du bassin d'Arcachon !

Rochelais si jaloux,
Vantez vos huîtres vertes ;
La Teste, Arès et Certes
Offrent bien mieux que vous !
Ah ! quand Gujan s'apprête
A se faire un renom,
Et vive la gravette
Du bassin d'Arcachon !

Aux ruines du château de Langoiran.

❖

Quand les champs et les bois, au souffle des automnes,
Voient pâlir leurs fleurs, leurs fruits et leurs couronnes,
Quand tout semble pleurer dans ces derniers beaux jours,
L'homme son chaud soleil, l'oiseau ses chers amours,
Moi, j'aime à voir là-bas, au flanc de la colline,
Les vieux murs délabrés de l'antique ruine,
Vieux château tout rempli d'un mâle souvenir,
Et qui semble braver tous les temps à venir.

Voyez, lorsque tout tombe et meurt dans la nature,
Si son front paraît beau, couronné de verdure.
Le lierre étend partout ses verdoyants rameaux,
Et pare avec amour ses tours et ses créneaux.
Là le merle joyeux et la grive éveillée
Vont becqueter les grains de sa noire feuillée;
Et, parmi les buissons qui surmontent les tours,
Le charmant rouge-gorge y chante ses amours.
Tout revit en hiver dans la demeure sombre,
Comme pour ranimer l'habitant de ces lieux,
Et dire chaque jour aux voyageurs sans nombre
Qui sur le vieux manoir longtemps fixent leurs yeux,
Que le deuil quelquefois revêt une parure
Faite pour égayer la plus sombre nature,
Et que Dieu ne veut pas que le temps ravageur
Ne détruise en entier tout ce qui parle au cœur.

Tu vivras, ô château, pour parler de victoire
A tous ces grands seigneurs de manoirs féodaux,
Qui voudraient encor voir les peuples des hameaux
Travailler en vilains et sans rêves de gloire;
Tu vivras pour montrer tous leurs tristes forfaits,
Les fiers tyrans vaincus et leur honteux servage,
Les peuples affranchis du joug de l'esclavage,
Et l'amour répandant en tous lieux ses bienfaits!

FARINETTE.

Au poète Jasmin.

Voyez là-bas, sur la colline,
Tourner ce beau moulin à vent,
C'est le meunier Fleur-de-Farine
Qui le possède maintenant,
Et qui gagne beaucoup d'argent!...
Et puis il a sa Farinette,
Aimable et charmante fillette,
Dont les yeux beaux comme un beau jour,
Pétillent d'ivresse et d'amour.

Mais chacun dit dans le village
Qu'elle veut un époux bien sage.
Ce sera, je crois, grand bonheur
Pour qui possédera son cœur !

Les plus beaux garçons du village,
Sylvandre, Tircis et Colin,
Chaque jour, après leur ouvrage,
Se rendent joyeux au moulin,
Et font tous trois au plus malin !...
Chacun vante la jeune fille ;
On lui dit qu'elle est bien gentille,
Et par des mots doux et charmants
Ils font promesses et serments.

Mais Farinette en elle-même
Se dit : Ce n'est pas eux que j'aime !...
Ce sera, je crois, grand bonheur
Pour qui possédera son cœur !

Le page de la châtelaine
Dont on voit au loin le château
Vient souvent la nommer sa reine,
Et veut lui faire le cadeau
D'un riche et magnifique anneau !
Et de la grand'ferme voisine,
Le fils, garçon de fière mine,
Croit dominer ses prétendus,
Parce qu'il a beaucoup d'écus !...

Mais rien de cela ne peut plaire
A la vertueuse meunière.
Ce sera, je crois, grand bonheur
Pour qui possédera son cœur!

Il est, au bas de la colline
Où tourne le moulin à vent,
Une vieille et simple chaumine
Qu'habite un berger indigent,
Mais dont le cœur est bien aimant!
Il ne fait pas grandes promesses,
Il n'aura jamais de richesses;
Il ne peut faire de cadeau,
N'ayant pas un seul pauvre agneau...

Mais Lubin est sage et honnête,
Et plait en tout à Farinette.
Pour lui ce sera grand bonheur,
Car il possédera son cœur!

MÉLODIE.

A P. D.

Quand les grives éveillées
Chantonnent sur les grands pins,
        Les matins,
Ou cherchent sous les feuillées
Des arbousiers les doux fruits,
        Bien mûris;

Alors aussi qu'autour d'elles
Le cri bruyant du pivert
        Frappe l'air,
Que les grises tourterelles

5

Poussent leur roucoulement
            Doucement,

Il est doux d'entendre encore
Des pâtres landais les chants
            Si touchants,
Et la clochette sonore
Qu'agitent tous leurs troupeaux,
            Gais et beaux.

A ce concert doux et tendre,
Joignez-y des cris de chiens,
            Bien lointains,
Dont l'aboîment fait comprendre
Qu'un chasseur aventureux
            Est heureux ;

Et puis l'étrange harmonie
Que fait le vent dans les bois,
            Et parfois,
De l'Océan en furie
Le cri rauque et menaçant
            S'y mêlant ;

Et la joyeuse musette
Qui se mêle au son du cor ;
            Puis encor
Du résinier la hachette,

Dont le bruit mystérieux
Rend peureux.

Oui, la plus belle musique
Des grands artistes vantés
Et fêtés,
Près de ce charme rustique,
Pour sûr y perdra toujours
Ses atours !

Au vallon de Floirac.

Ravin vert et profond où coule une eau limpide,
Arbres où sont cachés des nids d'oiseaux joyeux,
Fleurs dont toujours le front est de rosée humide,
Et dont les doux parfums embaument ces beaux lieux,
Bois sis sur la colline, et dont l'épais feuillage
Préserve du soleil et des ardeurs du jour,
Sentiers frayés à peine et couverts par l'ombrage :
Voilà ce que l'on voit, Floirac, dans ton séjour.
Aussi combien de fois, fuyant loin de la ville,
Un livre sous le bras, à la main un bâton,
Je suis allé tout seul rêver calme et tranquille,
Et goûter le repos dans ton charmant vallon.

Ah ! puisses-tu toujours conserver ta parure !
Que la hache jamais ne détruise tes bois !
Que la faux laisse en paix ta robe de verdure !
Que ton écho n'entende aucune impure voix !
Tu me verras toujours, ô retraite chérie,
Aller chaque printemps te dire un chant d'amour,
Et quand sonnera l'heure où doit finir ma vie,
Je pleurerai, pensant à ton riant séjour !

LA CHASSE AUX LOUPS.

« On sonne le départ de chasse,
Ohé! Landais, réveillez-vous!
Prenez fusil, fourche et besace,
Pour faire la battue aux loups!
    Ohé! réveillez-vous! »

Voyez-vous déjà dans les landes,
Hommes armés, fringants chevaux,
Chiens formant d'innombrables bandes,
Épouvantant gibier, troupeaux!

Du Sahara les caravanes
N'ont pas d'aspect plus imposant,
Et les Hurons, dans leurs savanes,
Ne sont pas plus fiers en chassant!

La troupe commence la chasse,
Ohé! Landais, accourez tous!
Avec fusil, fourche et besace,
Pour faire la battue aux loups!
 Ohé! accourez tous!

Parmi l'ajonc et la fougère,
Passez gaîment, chasseurs guerriers;
Dans les semis et la bruyère,
Enfoncez-vous, fiers cavaliers!
Sonnez clairons, battez cymbales,
Partez fusils et pistolets,
Et qu'aux longs sifflements des balles
Tout frémisse dans les forêts!

Avec ardeur se fait la chasse,
Ohé! Landais, ranimez-vous!
Avec fusil, fourche et besace,
Bien vaillamment suivez les loups!
 Ohé! ranimez-vous!

Ah! quel est ce bruit dans la plaine?
On crie hourra de toutes parts;
Des chiens hurlent à perdre haleine,
D'autres poursuivent les fuyards!...

La fusillade redoublée
Rend l'ennemi bien malheureux...
Les loups tombent, et la curée
Se fait parmi les cris joyeux!

On sonne le retour de chasse,
Ohé! Landais, retirez-vous!
Avec fusil, fourche et besace,
Vous avez bien détruit les loups!
    Ohé! honneur à vous!

LA MARGUERITE ET LÉ TORRENT.

⊙⊙

« Que fais-tu sur la rive
Penchant ton front charmant
A la brise plaintive,
Au soleil dévorant;
Viens, pauvre marguerite,
Abandonne ces lieux,
Je t'emporterai vite
Dans l'Océan joyeux? »

« Non, dit la fleur jolie,
Vos propos me font mal ;
Fille de la prairie,
Je reste au bord natal !
J'aime mieux, quand je souffre,
Vivre avec de l'espoir,
Que d'aller vers un gouffre
Où je mourrais ce soir ! »

SILVIO * ET ZANZÉ.

—

À Mme D. de B.

Lorsque dans ma prison tu viens, ô jeune fille,
M'apporter quelques mots de consolation;
Quand tu viens me parler de ma chère famille
Et me fortifier dans ma religion,
Oh! non, tu ne sais pas ce qu'éprouve mon âme
Aux accents de ta voix, aux soupirs de ton cœur;
Et si tu ne vois pas mon regard qui s'enflamme,
Quand tu me dis je t'aime, avec joie et douceur,

---

* Silvio Pellico.

6

C'est que tout est peine et chimère
Pour qui vit loin de son foyer,
Et que la joie est éphémère
Pour le pauvre prisonnier,
Pour le pauvre prisonnier!

Oh! crois-moi bien, enfant, je trouve en toi des charmes
Lorsque tu me souris avec grâce et candeur;
J'aime à voir de tes yeux couler ces douces larmes
Que tu verses souvent pour guérir ma douleur;
Quand tu me dis : Pour toi j'ai fait une prière,
Le Seigneur, j'en suis sûre, exaucera mes vœux;
O Silvio! crois-moi, chasse ta peine amère,
Espère, et tu verras encòr des jours heureux!

Mais ma voix n'aime qu'à redire :
Pauvre enfant, cesse de prier,
Car il n'est que peine et martyre
Pour le pauvre prisonnier,
Pour le pauvre prisonnier!

Mais le poète, un jour, pleura sa douce amie
Quand il ne la vit plus venir auprès de lui;
Il vit combien encore est affreuse la vie
Quand on la passe, hélas! sans avoir quelque appui.
Combien il regretta la vierge à l'âme aimante,
Tous ces instants passés à se parler d'amour.
Souvent il répéta, dans sa fièvre brûlante :
Adieu plaisir, bonheur, adieu rêves d'un jour!...

Tu vas revenir, ô tristesse,
Reprendre mon cœur tout entier.
Hélas! non, il n'est plus d'ivresse
Pour le pauvre prisonnier,
Pour le pauvre prisonnier!

POUR ELLE !

Mois d'avril, mois charmant, mois rempli d'allégresse ;
Mois qui réveille en nous le doux besoin d'aimer ;
Mois qui sourit au pauvre ainsi qu'à la richesse ;
Mois qui, dans tous les temps, a su plaire et charmer !
Printemps qui fais germer les œillets et les roses,
Saison où l'on se dit tant de charmantes choses,
Jours pleins de beaux reflets et de rayonnements,
Par vos mille beautés, enivrez mon amie ;
Qu'elle sourie à tout, qu'elle passe sa vie
Dans la paix et l'espoir, et les songes charmants !

Avril.

MOMENTS D'IVRESSE.

❧

J'aime à voir les enfants
Jouer, sous ma fenêtre,
A ces jeux innocents
Que le bonheur fait naître ;

J'aime à les voir courir
Ensemble sur la place,
Criant avec plaisir,
Ou riant avec grâce.

Il est si doux, si beau,
De voir cette jeunesse
Nous offrir le tableau
D'une parfaite ivresse!

Combien, quand notre cœur
Ressent de la souffrance,
Retrouvent le bonheur
Aux regards de l'enfance.

Qui de ses anciens jours
Ne regrette les charmes,
Quand on vivait toujours
Sans peine et sans alarmes;

Ce temps où tout paraît
Sans fard, sans artifice,
Où l'âme ne connaît
Le monde ni le vice;

Age où l'on ne sait rien
Que sa douce prière,
Où l'on dit : J'aime bien
Et Jésus et ma mère!

Ou bien, insoucieux
De l'orgueil, de l'envie,
On se trouve joyeux
Sans penser à la vie.

En vous voyant, enfants,
Mes chagrins me font trêves;
Dans vos plaisirs charmants
Je revois mes beaux rêves.

Restez, restez toujours,
J'aime votre allégresse;
Votre voix, mes amours,
Dissipe ma tristesse.

De mes maux oublieux,
Comme autrefois je nage
Dans les plaisirs heureux,
Et me crois de votre âge!

Sous mes yeux, en tout temps,
Venez jouer sans cesse;
Je vous bénis, enfants,
Pour ces moments d'ivresse!

Bordeaux, 1848.

L'AUTOMNE.

———

A M. Théodore Ducos.

L'Aquilon a grondé sur nos riants rivages,
Son souffle impétueux a chassé les oiseaux,
Et l'on voit revenir des lointains pâturages
    Au bercail les troupeaux.

La fleur courbe son front vers la terre flétrie,
L'insecte languissant va mourir aux vents froids
Qui font déjà tomber sur la pâle prairie
    Le feuillage des bois.

Les beaux dons de Cérès, les présents de Pomone,
Aux champs ne brillent plus à nos yeux réjouis;
Les arbres, les moissons, ont perdu leur couronne
    De verdure et de fruits!

Pourtant j'aime ce temps où la nature expire,
Ce soleil qui décline et pâlit chaque jour,
Entendre dans les bois le ramier qui soupire
    Un dernier chant d'amour!

En automne toujours de mes yeux quelques larmes
Tombent, quand je regarde et les bois et les champs.
Dans ces derniers beaux jours je trouve autant de charmes
    Qu'au retour du printemps.

J'aime à me promener dans quelque grande allée
Où la feuille jaunit et roule sous mes yeux,
A m'asseoir tout rêveur, là-bas dans la vallée,
    En regardant les cieux!

Car, dans tous ces moments d'extase et de tristesse
Que l'on passe à rêver loin du monde toujours,
Bien souvent, oublieux, on pleure avec tendresse
    Sur le sort de nos jours.

La peine que l'on a de voir fuir ses années,
Avec leurs songes d'or et leurs heures de miel,
S'allége quand on pense aux douces destinées
    Qu'on doit avoir au ciel.

Le poète surtout, pour son âme brisée
Par un amer chagrin, par un profond ennui,
Aime à voir bien souvent s'égarer sa pensée
    Vers un monde infini!

Son pauvre esprit se perd à suivre les nuages,
Les oiseaux voyageurs, les grands arbres mouvants,
Et les petits ruisseaux fuyant dans les bocages
    En murmures touchants.

Tout lui plaît dans ces jours, tout l'anime et l'enchante;
Et malgré que son cœur soit brisé de regrets,
Chrétien et vertueux, il prend sa lyre et chante
    L'amour et les bienfaits!

Il fait des vœux au ciel pour celui qui succombe,
Lui disant d'espérer et de croire au Seigneur,
Et jette quelques fleurs sur une froide tombe
    Par un chant de douleur.

7

Ainsi, lorsque je crois que pour moi l'heure sonne,
Malade, ou bien rêveur, à Dieu je dis parfois :
« Oh! faites-moi mourir dans les beaux jours d'automne,
    Au milieu des grands bois!

Qu'en contemplant le ciel à travers le feuillage,
Pressant la main de ceux qui me sont doux et chers,
Je fasse mes adieux, et quitte ce rivage
    En murmurant ces vers! »

INTIMITÉ.

———

A Mme la V^{sse} A. V.-H.

Ah! qu'il me soit permis en ce beau jour, Madame,
De vanter les vertus que possède votre âme;
Vous dire que mon cœur saura toujours bénir
Votre nom, votre cœur et votre souvenir!

L'ardente charité, Madame, est votre idole;
Vous ne restez jamais fière, froide ou frivole
Envers ces pauvres gens qu'on nomme malheureux,
Et dont parfois la vie est un supplice affreux.

Vous, si noble et si belle! oh! l'on vous voit sans cesse
A soulager le pauvre en sa triste détresse;
Votre bourse est ouverte à ces petits enfants
Que l'on voit implorer la pitié des passants.
En leur disant les maux que souffrent leur famille,
Oh! l'on surprend souvent une larme qui brille
Dans vos beaux yeux remplis d'amour et de bonté;
Car vous trouvez la joie et la félicité
Lorsque vous avez fait une action douce et bonne.
Restez toujours ainsi, Madame; la couronne
Que le Maître des cieux doit vous donner un jour,
Lorsque vous entrerez dans son divin séjour,
Sera bien, je le crois, une des plus brillantes!
Vos vertus ici-bas nous sont trop éclatantes
Pour ne pas que chacun ne s'accorde à bénir
Votre nom, votre cœur et votre souvenir!

LES ÉGLANTINES.

A Mathilde.

Aimez-vous, comme moi, ces fleurs roses et blanches
  Qu'on voit, sur les bords du chemin,
Fleurir, penchant leurs fronts comme ceux des pervenches
  Au souffle embaumé du matin?

Voyez-les étaler leurs pétales légères
  Aux premières clartés du jour,
Et trembler doucement aux brises passagères
  Qui les frôlent avec amour!

7*

Qu'il est doux, dans les champs, de voir les jeunes filles
  Courber leurs rameaux épineux,
Et d'un doigt tout tremblant cueillir ces fleurs gentilles
  Pour en couronner leurs cheveux.

Les joyeux rossignols, quand les nuits sont paisibles,
  Sautent de buissons en buissons,
Se reposent souvent sur leurs branches flexibles,
  Pour chanter leurs douces chansons.

Quand la brise de mai caresse la ramée,
  En parcourant les verts sentiers,
Si vous sentez dans l'air une odeur embaumée,
  C'est le parfum des églantiers!

Tout le jour un essaim d'abeilles diligentes
  De leur sein recueillent le fruit,
Et de frais papillons aux ailes transparentes
  Vont s'y reposer chaque nuit.

Oh! quand, pour promener vos molles rêveries,
  Vous irez toute seule aux champs,
Jetez un doux regard sur ces branches fleuries
  Dont les parfums sont enivrants.

Et si de les cueillir vous êtes envieuse,
  En les respirant tour à tour,
Oh! comme moi, toujours, d'une voix amoureuse,
  Murmurez-leur un chant d'amour!

Parfois, dans son exil à l'île Sainte-Hélène,
Le vainqueur d'Austerlitz, d'Ulm et de Marengo,
Avec ses chers amis, pour adoucir sa peine,
Leur parlait de la France et de son ciel si beau !...

Bien souvent dans ses yeux une larme soudaine
Roulait au souvenir du jour de Waterloo...
Et puis il regrettait ces doux bords de la Seine,
Où flotta si longtemps son glorieux drapeau !

Et sa noire douleur devenait plus amère
Quand il pensait qu'à Vienne, un aigle, sous sa serre,
Retenait prisonnier son pauvre et noble enfant.

Mais ce n'était pas là sa peine la plus vive :
C'était de se voir, LUI ! captif sur cette rive,
Et d'entendre l'Anglais rire de son tourment...

LES REGRETS DU PAUVRE AMANT.

ojo

Hélas! il est donc vrai, tu vas donc t'exiler?...
Ah! mon cœur ne pourra jamais se consoler
     De ta longue et cruelle absence;
J'entends déjà partout tes parents, tes amis
Dire : Oh! pourquoi va-t-elle en ce lointain pays,
     Pourquoi fuir notre belle France?

Moi surtout, jeune fille, oh! moi qui t'aimais tant,
Ne te souriant plus, je pleure maintenant,
     Le front courbé par la tristesse;
Et je me plains à Dieu de ce qu'il va m'ôter
Le seul bien qui pouvait toujours me contenter,
     Car toi seule étais ma richesse!

Parce qu'un étranger, fils d'un noble seigneur,
Te demande pour femme, en t'offrant pour bonheur
    Son nom, son rang et sa fortune,
Tu daignes l'accepter, joyeuse, préférant
La grandeur à nos soins si doux, et nous disant
    Que la pauvreté t'importune.

Le luxe t'éblouit, l'orgueil sait te charmer!
Ah! je n'aurais point cru que tu puisses aimer
    De vils trésors, des pompes vaines;
Non, je n'aurais pas cru que ton cœur me trompait...
Ni qu'on puisse laisser l'ami que l'on avait
    Dans les tourments et dans les peines.

Tu trahis tes serments, tu brises sans regrets
Les nœuds d'une amitié qu'un jour nous avions faits
    Au milieu de tant de promesses.
Ah! ces projets si beaux, que sont-ils devenus?...
Plaisirs divins, transports, je ne vous connais plus,
    Ainsi que vous, douces ivresses!

Pourtant tu m'avais dit, dans nos plus riants jours :
« Ne crains rien, mon ami, je t'aimerai toujours,
    Loin de toi je ne pourrais vivre. »
Insensé que j'étais de croire à tes aveux;
J'aurais dû mépriser ton langage amoureux,
    Ne plus t'aimer, ne plus te suivre.

Que te manquait-il donc pour être heureuse ici?
Qui pouvait te donner du chagrin, du souci,
  Ah! c'est le manque de richesse?
Pauvre enfant! tu crois bien que l'or nous rend heureux.
Bien plus souvent qu'un pauvre, un riche est malheureux :
  Le bonheur est dans la tendresse.

Adieu rêves d'amour, promenades à deux,
Les matins du printemps, et le soir, lorsqu'aux cieux
  Vesper radieuse scintille!
Mots dits à demi-voix, parlant d'heureux liens,
Caresses, doux regards et naïfs entretiens,
  L'hiver, près du foyer qui brille!

Adieu mes tendres vers, murmurés tant de fois,
Quand nous allions courir les prairies, les bois,
  Et les champs fleuris de la plaine!
Jours remplis d'avenir et d'espoir, doux moments
Passés à faire, à deux, promesses et serments,
  Assis à l'ombre du vieux chêne!

Adieu mes pauvres fleurs, adieu mes chants d'amour
Que je faisais pour elle, enivré chaque jour,
  Adieu langue longtemps choisie!
Je vais donc te fermer, mon livre, à tout jamais,
Je n'écrirai plus rien, non plus rien désormais,
  Adieu donc belle poésie!

Adieu ! pars loin de moi... Malgré tous mes tourments,
Sois heureuse... Je sais, hélas ! qu'en peu de temps,
    Des douleurs que j'ai, l'on succombe...
Le mal que tu me fais ne pourra se guérir,
Et ce cruel amour, qui me fait tant souffrir,
    Je vais l'emporter dans la tombe...

. . . .
. . . .

L'AJONC ET LA BRUYÈRE.

❖

LA BRUYÈRE.

Allons, retire-toi, fuis bien loin de mes yeux,
Arbuste aux fleurs sans charme, aux rameaux dangereux,
    Aux trop ravageuses racines;
Embarrassant toujours les plus jolis sentiers,
Tu déchires les pieds des pauvres résiniers
    Avec tes cruelles épines;

A quiconque, joyeux, veut passer près de toi,
Tu ne fais que du mal!

    L'AJONC.

    Ma chère sœur, pourquoi

8

T'irriter si souvent, méprisant ma nature ;
Il est vrai, je n'ai pas une douce ramure,
Et ma simple fleur jaune est loin d'avoir l'éclat
De la tienne, qui brille autant que l'incarnat !
Mais quoique ma beauté ne soit pas mirifique,
Je sers bien mieux que toi pour le besoin rustique,
Et j'ai bien plus d'honneur, en faisant mes travaux,
Que toi, ma chère sœur.

LA BRUYÈRE.

Hé quoi ! ces lourds rameaux,
Moitié verts, moitié roux, voudraient avoir empire
Sur les miens, si légers et si verts, qu'on peut dire
Que nul arbuste ornant les bois et les forêts
Ne peut s'y comparer ?

L'AJONC.

Pour faire des balais,
Et pousser aux bouriers des immondices sales...
Voilà ton rôle à toi... Donc, point tu ne m'égales.
Ma pousse, contentant le goût des bestiaux,
Est partout recherchée, et mes épais rameaux
Servent à remplacer les beaux murs de clôture :
Vois si tu vaux autant que moi pour la pâture
Et pour le bien des champs ?

— La bruyère, à ces mots,
Sentant que son orgueil s'enflait mal à propos,
Laissa l'ajonc tranquille, et reconnut, honteuse,
Que plus qu'elle il avait la place avantageuse.

C'est ainsi que toujours l'on rencontre en tous lieux
Des égoïstes froids, de tristes orgueilleux,
>Des gens tout gonflés d'insolence
Qui, reconnus un jour pour leur satiété,
Se voient condamnés, par la société,
>A vivre honteux dans le silence.

LA CHANSON DE LA NOURRICE.

A Mme V. D.

La nuit vient, le jour s'enfuit,
Tout se tait dans le village ;
Les petits oiseaux, sans bruit,
Cherchent dans l'épais feuillage
Un asile pour la nuit.

Dormez, petit enfant,
Soyez sage
A mon langage ;
Dormez, petit enfant,
Reposez bien doucement.

Appuyez contre mon sein
Votre frêle et blonde tête,
Votre bon ange gardien,
En souriant, vous répète
De dormir sans craindre rien !

Dormez, petit enfant,
Soyez sage
A mon langage ;
Dormez, petit enfant,
Reposez bien doucement.

Demain, je vous le promets,
J'irai, joyeuse, à la ville,
Vous acheter sans regrets,
Si vous êtes bien tranquille,
Des bonbons et des jouets !

Dormez, petit enfant,
Soyez sage
A mon langage ;
Dormez, petit enfant,
Reposez bien doucement.

Et puis le petit oiseau
Qui voltige dans sa cage,
Et que vous voyez si beau,
Ira chanter, je le gage,
Demain, sur votre berceau.

Dormez, petit enfant,
Soyez sage
A mon langage;
Dormez, petit enfant,
Reposez bien doucement.

Mon doux, cher et tendre amour,
Vous cédez à ma prière,
Car j'aperçois, sans retour,
Se fermer votre paupière :
Restez ainsi jusqu'au jour.

Dormez, petit enfant,
Soyez sage
A mon langage;
Dormez, petit enfant,
Reposez bien doucement.

LA GOUYATE DAOU BUCHEROUN.

•

Tandis que moun pay fen lous casses
É lous grands pins de la fouret,
Jou countempli sur ses escasses
Jouan, que guarde soun bet troupet !
Ah ! dunpuey l'annade passade,
Que dinet abèque nous aou,
Ma praoube ame és toute embrasade
D'un fuc d'amou qué m'ey bien maou.

Moun boun pay, moun co bat bien bisti ,
Approchent daou permey de l'an ,
Baou aougé setze ans, et persisti
D'espousa Jouan, d'espousa Jouan !

Jouan és praoube , é moun héritatge
A mille éscuts s'eslébera;
É moun pay, daquèt maridatge
Né baou pas entende parla;
S'obstine à me banta Piarille,
Lou gouyat daou gros résiney,
És riche, és bray, mé pas boun drille;
Ah ! nou, ne me pléra jamey.

Moun boun pay, moun co bat bien bisti,
Approchent daou permey de l'an,
Baou aougé setze ans, et persisti
D'espousa Jouan, d'espousa Jouan !

Aymi tan la boëts langourouse
De moun aymable pastourou,
É de sa musette amourouse
Lous bets souns que sortent per jou !
Ah ! de l'amou, poulide estelle,
Quan doun ludiras per nous dux.
Pay, cessats de fa lou rebelle,
Et couleran das jours hurux !...

Moun boun pay, moun co bat bien bisti,
Approchent daou permey de l'an,
Baou aougé setze ans, et persisti
D'espousa Jouan, d'espousa Jouan!

Mérignac , 1852

L'ÉPERVIER ET L'OISELEUR.

Un épervier planait sur un bocage,
Cherchant à découvrir quelques pauvres oiseaux ;
    Bientôt il entend un ramage :
D'un oiseleur c'étaient les gais appeaux.
    Il fond sur eux, la griffe ardente...
Mais l'oiseleur qui contemplait son vol,
Quand il le voit s'abattre sur le sol,
    Le fait prisonnier sous sa *pante;*
Puis il accourt vers lui, le sort des rets,
    Et malgré qu'il crie et fait rage,
Prend des ciseaux, lui coupe les onglets,
Rogne chaque aile, et vous le loge en cage.

9

Méchants, qui cherchez tour à tour,
Comme l'épervier ou l'autour,
A commettre quelque infamie,
Sachez bien que la tyrannie
Par Dieu sera punie un jour.

PLAINTE.

———

A M. Victor Hugo.

Toujours, toujours, lorsque je pense
A ce temps où j'étais heureux,
Je sens dans mon cœur la souffrance,
Et des pleurs roulent dans mes yeux.

Combien, hélas! je vous regrette,
Beaux jours si vite écoulés;
Combien mon âme s'inquiète
De voir ses rêves envolés!

Mon esquif, maintenant sans voile,
Est le jouet des éléments,
Et, dans le ciel, ma blanche étoile
Va s'éteindre dans peu de temps.

Aux souvenirs de mon enfance
Mon pauvre cœur saigne souvent :
Rien n'est plus beau que l'innocence ;
On n'est heureux qu'étant enfant !

A l'aube de l'adolescence
On peut bien avoir de beaux jours,
Mais aussi, souvent, la souffrance
Dans les cœurs commence son cours.

L'enfant qui rêve poésie,
De son âge fuit les plaisirs,
Pour suivre la route choisie
Où tendent ses brûlants désirs.

Il trouve du charme en l'étude,
Du plaisir au nom d'un auteur,
Et l'amour de la solitude
Est pour lui son plus doux bonheur.

Les larmes lui sont toujours chères :
Tout cœur aimant doit en verser ;
Et les peines les plus amères
Donnent du courage à penser.

Mais aussi lorsqu'un enfant rêve,
Oh ! que de plaisirs n'a-t-il pas :
Quand son œil vers le ciel se lève,
Il voit Dieu qui lui tend les bras !

La vie est pour lui calme et douce,
Son esprit n'est point abattu,
Aucun penser ne le courrouce,
Il ne connaît que la vertu !

Aussi chaque fois que je pense
A ce temps où j'étais heureux,
Je sens dans mon cœur la souffrance,
Et des pleurs roulent dans mes yeux !

1848.

SOUPIR DE JOSEPH DELORME.

—

A M. Sainte-Beuve.

⚬⚬

. . . .
. . . .

Je l'aimais autrefois comme on aime une sœur,
Lui parler ou la voir c'était là mon bonheur,
    Je ne vivais que de sa vie;
Confiante en mes vœux, vouée à mon amour,
Sa voix, sa douce voix me disait chaque jour :
    « Je suis pour toujours ton amie! »

Hélas! mes froids pensers ont rompu ces liens,
Mes soucis ont brisé nos charmants entretiens;
    Ma cruelle et triste souffrance
A refroidi nos cœurs, et tous deux, maintenant,
Nous ne nous disons plus rien en nous revoyant,
    Mais nous pleurons dans le silence...

Oh! oui, je suis bien sûr qu'en silence, parfois,
Elle pleure, en pensant à ses jours d'autrefois,
    A l'accord de notre famille.
Croyant qu'elle n'a plus une part de mon cœur,
Elle ne doit plus voir l'amour ni le bonheur
    Dans ses rêves de jeune fille!

Pourtant je l'aime encor, oui, je l'aime, ô mon Dieu!
Son nom, son souvenir, me suivent en tout lieu;
    Mon cœur palpite quand j'y pense,
Et je me dis souvent : Oui, je retournerai
Auprès d'elle, humble et doux, et je lui parlerai
    De mon amour, de ma souffrance.

Alors, peut-être, alors nous nous pardonnerons
L'un à l'autre nos torts, et tous deux nous dirons :
    Ah! que tout le passé s'oublie!...
Mais le temps passe et fuit, et voilà bien des mois
Que je redis ces vers en pleurant chaque fois,
    Et n'ose aller voir mon amie...

. . . .

. . . .

LA FOIRE DE LA BOUHÈRE.

Non loin de Lipostey, et près d'un frais ruisseau
Qui roule vers Puntens ses ondes sablonneuses,
Quand septembre ou quand mai, mois des saisons heureuses,
Étalent leurs trésors sous un ciel calme et beau,
Vous voyez arriver au camp de la Bouhère
Le Basque, le Landais et le Gascon joyeux ;
Et le sombre Espagnol passe aussi la frontière
Pour venir s'installer en forain hasardeux...
Il est beau, croyez-moi, d'admirer cette foule
A la chaussure agreste, aux vêtements divers,
Qui, comme un grand torrent, gronde, fuit et s'écoule
Dans les chemins frayés et sous les grands pins verts ;

Et ces beaux bestiaux entassés pêle et mêle,
Braillant, bêlant, beuglant, hennissant tour à tour ;
Et tous ces gais marchands, posés en sentinelle
Devant ces beaux produits, animant ce séjour !
L'antique restaurant et l'auberge ambulante
Laissent voir un service où tout est à l'étroit.
Mais tandis qu'au salon le bourgeois se lamente,
Au cabaret, joyeux, le peuple mange et boit ;
Le vin comme l'argent, à longs flots, sur la table,
Coulent rapidement. — Les affaires se font !
L'un parle au sérieux ; l'autre, d'un air aimable,
Propose d'acheter... en souriant au fond ;
Et tandis que chacun parle, s'anime ou crie,
L'orchestre villageois fredonne un gai refrain.
Jeunes filles, venez, le bonheur vous convie,
C'est la fête du lieu, dansez jusqu'à demain ;
Et vous, braves Landais, vantez bien la Bouhère ;
C'est un beau rendez-vous, aimez-en les attraits ;
Et puissiez-vous toujours y trouver bonne affaire,
Et retourner contents au sein de vos forêts !

Arcachon.

LESTIAC.

A mon ami Michel D.

◦╞◦

Souvent le voyageur, au milieu des montagnes,
Afin de pouvoir mieux contempler les campagnes
   Qui se déroulent à ses yeux,
S'arrête tout pensif sur quelque roc sauvage,
Et là, charmé, ravi par un frais paysage,
   Se berce en des rêves heureux...

Il aime ce silence et cette paix profonde,
Ce calme solennel, ce grand oubli du monde,

Ce plaisir enivrant et pur;
Il demeure en extase en regardant les plaines,
Les coteaux, les vallons, les bois, les beaux domaines,
Et les fleuves aux flots d'azur!

Ainsi tu m'apparus, doux et charmant village,
Quand, la première fois, gravissant par étage
Tes collines et tes coteaux,
Je contemplais d'en haut tes campagnes fertiles,
Tes longs prés déroulés au milieu de tes îles,
Et tes saules au bord des eaux!

Oh! que j'aimais à voir au loin, sur l'autre rive,
Cet horizon bleuâtre, et la lumière vive
Qui brillait parmi ces beaux champs!
Que j'aimais ce long fleuve aux ondes transparentes,
Dont les mille détours dans des pleines riantes
Nous font croire aux enchantements...

Qu'elle est belle, à mes yeux, ton église gothique,
S'élevant au milieu de cet enclos rustique
Où dorment tes bons villageois;
Qu'il est doux d'écouter, du haut de la colline,
Tous les sons cadencés de sa cloche argentine,
Charmant l'écho de ces endroits!

Vous le savez, ami, si j'aime vos contrées,
Vos bois silencieux, vos rives fortunées,

Et leurs paisibles habitants ;
Vous le savez, souvent, assis à votre table,
Auprès d'une famille à l'aspect agréable,
    Combien j'ai vu d'heureux instants...

Eh ! qui ne pourrait donc avoir l'âme contente
A l'aspect bienveillant de la troupe charmante
    Que l'on rencontre dans ces lieux ?
Ici, c'est une main vers la vôtre tendue ;
Plus loin, quelque passant égayant votre vue
    Par son abord respectueux ;

C'est le bon vigneron, le laboureur tranquille,
Joyeux d'avoir chez lui quelque ami de la ville
    Pour le charmer dans son repas ;
C'est, dans tout le village, une aimable jeunesse
Vous offrant son service en transport d'allégresse
    Pour accompagner tous vos pas.

Oh ! qu'il me sera doux de retourner encore
Revoir à Lestiac ces amis que j'honore,
    M'asseoir auprès de leur foyer,
Faire ensemble, le soir, de longues causeries,
Et parcourir le jour ces campagnes chéries
    Qu'on ne peut jamais oublier !

Mais que dis-je, ô bonheur ! le printemps va renaître ;
Je vois, dans mon jardin, la feuille reparaître ;

Mes fleurs montrent leur front vermeil,
Et sur mes peupliers, où la sève bourgeonne,
Le Tarin, en chantant, becquète la couronne
Qui s'épanouit au soleil.

Allez, mes vers, allez en ces lieux que je fête,
Apporter les saluts et les vœux du poète
Aux amis de ce frais séjour;
Dites-leur que mon cœur dès longtemps se chagrine;
Mais pour le riant mois où fleurit l'aubépine,
Annoncez mon joyeux retour.

Bordeaux, 1848.

LE DERNIER CHANT D'ÉLISA MERCOEUR.

A M. Eugène de Lonlay.

Quand vous tombez, pâles feuilles d'automne,
Dans la prairie où je porte mes pas,
A votre aspect la force m'abandonne,
Je ne vois plus, hélas! que le trépas;
Le mal cruel qui flétrit ma poitrine
Me fait crier encor plus que jamais,
Et chaque fois que ma tête s'incline,
Je dis ces mots qui peignent mes regrets :

    Sur cette terre
    C'est trop souffrir,
    Adieu, ma mère,
    Je vais mourir!

D'illusions ayant l'âme bercée,
J'avais rêvé l'amour et le bonheur,
Et bien joyeuse, au nom de fiancée,
J'avais souvent senti battre mon cœur;
Mais le destin détruit mon espérance,
Comme une feuille abandonnée au vent;
Je traîne, hélas! ma pénible existence,
Et triste encor je m'écrie en pleurant :

Sur cette terre
C'est trop souffrir,
Adieu, ma mère,
Je vais mourir!

Lorsque les champs reprendront leur parure,
Que dans les bois la feuille renaîtra,
Quand la lumière aux cieux deviendra pure,
Moi, pauvre enfant, je ne serai plus là...
Oh! ce penser me torture et m'accable.
La froide mort apparaît à mes yeux...
Mon Dieu! mon Dieu! soyez-moi secourable...
Hélas! mais non... j'abandonne ces lieux...

Sur cette terre
C'est trop souffrir,
Adieu, ma mère,
Je vais mourir!

LA MAISONNETTE.

———

Aux Amis de la ville natale.

⚬╪⚬

Non loin de ce bord calme et doux,
Que baigne la vague sonore,
Au pied d'un coteau que décore
Le rameau du chêne et du houx,
Pauvre et bien tristement bâtie,
A quelques mètres du chemin,
Avec sa façade jaunie
Et ses côtés en bois de pin ;

10`

Malgré cela, fraîche et coquette,
Avec ses rosiers au devant,
O mes amis! qu'on est content
Quand on vient à la Maisonnette!

Vous souvient-il de ces beaux jours
Écoulés depuis notre enfance?
Combien nous mettions d'espérance
Dans nos projets et nos amours!
Hélas! en avançant en âge,
Loin des beaux lieux qu'on a chéris,
La fortune ou le mariage
Font disperser bien des amis.

Mais quand chacun de nous regrette
Ce bonheur goûté si souvent,
Ah! pour le revoir plus charmant,
Accourez à la Maisonnette!

Quand revient la belle saison,
Chacun recherche la campagne;
Moi, gaîment, avec ma compagne,
Je m'en vais revoir Arcachon.
Comptant sur *madame la Chance*,
Qui donne le bras au passant,
Pour suffire à mon existence
Je fais le métier de marchand.

Mais tout en faisant ma recette,
Je puis recevoir librement.
O vous, amis, que j'aime tant,
Venez donc à la Maisonnette !

Plage d'Eyrac, 1852.

LA MAISONNETTE

Méditation de Jean Jacques Rousseau

AMOUR ET JALOUSIE.

Non, non, je ne veux plus vous croire,
Ni vous aimer, ni vous chérir,
Et s'effacent de ma mémoire
Votre nom, votre souvenir.
Vos serments sont vains et frivoles,
Il n'est point d'amitié chez vous;
Je n'ai plus foi dans vos paroles :
Allez-vous-en, vilain jaloux !

Parce qu'un jour vous m'avez vue
Me promenant avec Colin,
Berger dont l'âme est ingénue,
L'esprit naïf et peu malin,

A bien des gens de ce village
Vous avez mal parlé de nous;
Maintenant on me croit peu sage :
Allez-vous-en, vilain jaloux!

Avant-hier, lorsque Léandre
Vint pour m'engager à danser,
Vous dîtes avoir cru comprendre
Qu'il me réclamait un baiser?
Vous avez troublé notre fête
Par des propos pleins de courroux;
J'aime qu'un garçon soit honnête :
Allez-vous-en, vilain jaloux!

Vous voudriez me voir sans cesse
Soumise à vos commandements,
Et dédaigner toute caresse
Des garçons jeunes et charmants;
Mais il m'est bien permis, je pense,
De parler à d'autres qu'à vous?
Je n'aime pas la médisance :
Allez-vous-en, vilain jaloux!

Mais un repentir bien sincère
Était dans le cœur de l'amant,
Il prit la main de la bergère
Et la pressa bien tendrement;

Puis il lui dit : Lorsque j'implore
Grâce et pardon à vos genoux,
Ah! ne me dites plus encore :
Allez-vous-en, vilain jaloux !

Alors la charmante fillette
Pleura, soupira tour à tour,
Et ne parut plus inquiète
A ce nouveau serment d'amour!
Car après, cherchant un sourire,
Prenant un air bien tendre et doux,
L'on entendit sa voix lui dire :
Embrassez-moi... vilain jaloux !

A Rosalia.

⁓

Seule, un soir, à seize ans, au milieu d'une rue,
Ayant froid, ayant faim, vous vous êtes vendue
Pour un peu d'or. Hélas! il aurait mieux valu
Combattre la misère et chérir la vertu;
Mais après bien des maux endurés dès l'enfance,
Vous voulûtes sortir d'une affreuse souffrance;
Vous étiez jeune et belle, et trouviez des amants
Qui portaient à vos pieds des trésors séduisants!
Alors, dans vos projets si beaux de jeune fille,
Vous oubliâtes tout : amour, vertu, famille;
Votre fidèle amant, doux jeune homme à l'œil noir,
Qui, timide et craintif près de vous, chaque soir
S'approchait doucement sans presque rien vous dire,
Mais qui se trouvait fier, chaque fois qu'un sourire

11

Arrivait jusqu'à lui comme du fond du cœur.
Pauvre ami qui pleura tous ses jours de bonheur
Quand il apprit, hélas! que sa charmante amie,
Bien loin de son foyer, seule, s'était enfuie,
Emportant tous ses biens et ses serments d'amour,
Pour avoir auprès d'elle une brillante cour.
Oh! pendant ces longs jours de vie aventureuse
Vous avez savouré la volupté, joyeuse;
Ce n'était que festins, que danses, que concerts,
Beaux rêves d'avenir, de bonheur recouverts!
Fraîches illusions, causeries charmantes,
Promesses des amants, vives et souriantes!
Mais le printemps des ans ne dure pas toujours;
Et quand l'automne arrive, il emporte en son cours
Le parfum de la fleur, la fraîcheur de la feuille,
Et fait souvent tomber le fruit sans qu'on le veuille...
Ainsi, lorsque l'amour de tous vos courtisans
Commençait à trouver vos attraits peu touchants,
Vous sentîtes au cœur une large blessure;
Mais le courage vint pour braver son injure.
Vous aviez un enfant, ange bien jeune encor,
Mais qui, pour vous, était votre plus cher trésor;
Oubliant bien alors vos passions si folles,
Votre cœur lui disait d'enivrantes paroles;
Et quand votre beauté commençait à déchoir,
Vous reviviez aussi dans un plus bel espoir :
C'était de voir un jour votre fille charmante
Vous entourer de soins, comme une douce amante
Entoure son amant dans ses jours de douleur;
C'était là votre espoir, c'est là votre bonheur.
Délaissant maintenant les fêtes et le monde,
Vous voyez s'écouler, dans une paix profonde,

Votre vie humble et douce auprès de votre enfant,
Que vous aimez à voir d'un regard triomphant.
Oh! parlez-lui toujours de vertu, de sagesse,
Que la religion la contente sans cesse;
Mettez-la dans la voie où l'on trouve en tout temps
Des consolations quand nous sommes souffrants.

Quand vous avez pleuré vos rêves d'innocence,
En demandant à Dieu pardon de votre offense,
Il vous a pardonné pour toujours vos erreurs,
Et sa divine voix a fait sécher vos pleurs;
C'est qu'il voyait aussi votre noble courage
Pour mettre votre enfant à l'abri de l'orage.
Surmontant aujourd'hui tout écueil sans effort,
Dans le calme et la paix vous arrivez au port.
Qu'importe que la mer s'élève, monte et gronde,
Votre esquif, sans danger, se berce au sein de l'onde,
Dieu veille sur vos jours en père juste et bon.
Puisque avec votre enfant vous proclamez son nom,
Oh! bénissez toujours sa bonté paternelle;
Si la foi divine vous couvre de son aile,
Le remords dans le cœur, si vos jours insensés
Sont, aux yeux du Seigneur, à jamais effacés,
Eh bien! contentez-vous du trésor qui vous reste,
Levez votre regard vers la voûte céleste,
Et, pressant dans vos bras votre enfant, vos amours,
Remerciez-le bien pour tous vos calmes jours.

PAUVRE MHYRRA !

A M. A. Houssaye.

A Biscarosse, on m'a conté
Que Mhyrra, jeune résinière,
Quittant un matin sa chaumière,
Avait eu le cœur enchanté...
En se rendant à son ouvrage,
Sur son chemin elle trouva
Un beau chasseur du voisinage...
Pauvre Mhyrra, pauvre Mhyrra !
Il avait brillant équipage...
  Pauvre Mhyrra,
  Pauvre Mhyrra !

Ce brillant et jeune chasseur
Qu'accompagnait nombreuse escorte,
Du beau château de la Tour-Forte
Était, dit-on, maître et seigneur.
Mhyrra, voyant sa riche armure,
Pendant un moment se troubla;
Mais le beau seigneur la rassure...
Pauvre Mhyrra, pauvre Mhyrra!
Pour toi c'est mauvaise aventure...
     Pauvre Mhyrra,
     Pauvre Mhyrra!

« Quoi! si jolie et faite au tour,
» Et vivre dans ce lieu sauvage;
» Enfant, écoute mon langage,
» Oh! viens vivre heureuse en ma cour.
» Dans mon château tu seras reine,
» Tout le monde t'honorera,
» Tu régneras en souveraine! »
Pauvre Mhyrra, pauvre Mhyrra!
Déjà ton père est dans la peine...
     Pauvre Mhyrra,
     Pauvre Mhyrra!

Mhyrra, séduite avec de l'or
Et par un discours plein d'adresse,
Cède à la voix enchanteresse;
On l'emporta comme un trésor!...

Quelque temps elle vécut fière ;
Dans le château rien ne manqua ;
Mais le bonheur est éphémère...
Pauvre Mhyrra, pauvre Mhyrra !
La liqueur n'est pas toujours chère...
  Pauvre Mhyrra,
  Pauvre Mhyrra !

Abandonnée après deux mois,
Elle revint vers sa chaumière ;
Mais mort était son pauvre père,
Mort ! en la cherchant dans les bois...
Adieu plaisirs, bonheur suprême.
Hélas ! en apprenant cela,
Combien sa douleur fut extrême !...
Pauvre Mhyrra, pauvre Mhyrra !
Elle mourut à l'instant même...
  Pauvre Mhyrra,
  Pauvre Mhyrra !

AMOUR MATERNEL.

Mon petit enfant, ô mon bien suprême!
Je veux te bercer, viens sur mes genoux;
Viens, je veux encor te dire : Je t'aime,
En baisant ton front si pur et si doux!

Viens au tendre appel de ta bonne mère
Qui vers toi, mon ange, a ses bras tendus,
Viens me répéter la douce prière
Que tu fais, le soir, au petit Jésus!

— Je te vois venir, la bouche rieuse ;
Je t'ai dans mes bras ; merci, mon amour ! —
Toujours, avec toi, je me trouve héureuse,
Car c'est pour toi seul que je tiens au jour !

C'est toi seul qui m'es cher sur cette terre ;
Car tu le sais bien, ô mon pauvre agneau !
Que voilà bientôt deux ans que ton père
Repose, là-bas, au fond du tombeau !

Un enfant, vois-tu, c'est pour une veuve,
Dans ses jours de deuil, son plus cher trésor ;
Quand d'afflictions son âme s'abreuve,
Son regard peut seul la charmer encor !

Aussi, mon enfant, aime bien ta mère,
Murmure souvent son nom nuit et jour ;
Tu seras toujours exempt de misère
Si tu sais, pour elle, avoir de l'amour.

A la Violette des bois.

 ⚮

Violette
Qui, seulette,
Fleuris au pied des coteaux,
Fraîche et douce,
Dans la mousse,
A l'ombre des arbrisseaux.

Fleur jolie
Et chérie
De tous les cœurs vertueux,
Qu'on respire
En délire
Tes parfums si doucereux.

Sous ta feuille,
Que n'effeuille
L'Aquilon ni les autans,
Joie extrême,
Combien j'aime
A te cueillir au printemps!

Ta corolle,
Doux symbole
De chaste simplicité,
D'innocence
A l'enfance
Offre toute la beauté.

Quand le monde
Partout fronde
Les simples mœurs et les lois,
Violette,
En cachette,
Fleuris toujours dans les bois!

LYDIA.

___

A M. Alf. de V.

⚭

— « Puisque ton jeune cœur, hier, s'est laissé prendre
Aux piéges de l'amour ; puisque ta voix si tendre
A murmuré le nom du beau berger Hylas,
Et qu'à présent encor tu recherches ses pas,
Sans doute que tes yeux n'ont pu, la nuit dernière,
Abaisser un moment leur humide paupière,
Et que ton âme en songe a cru voir bien des fois
Le jeune Hylas, rêveur, t'appelant dans le bois !
Maintenant que je vois ton sein qui se soulève,
Dis-moi bien, est-ce à lui que ton jeune cœur rêve ?

12

Ressens-tu constamment de brûlantes douleurs,
Pour que tes yeux si beaux soient ainsi pleins de pleurs?
Réponds-moi, Lydia, relève un peu la tête,
Songe que c'est demain le beau jour de ta fête,
Et que ce soir encor bien des charmants garçons
Viendront t'offrir des fleurs, des fruits et des chansons,
Et te nommer encor la beauté du village. » —
Ah! fit la jeune fille, en cachant son visage
Dans sa main blanche et douce, et fuyant vers le bois,
Ah! ne me parlez plus de ces biens d'autrefois...

Je suivis un instant sa marche chancelante,
Et la vis accourir ensuite, souriante,
Vers un charmant berger qui lui tendait les bras :
La jeune fille aimait!... c'était le jeune Hylas!...

LA PLACE D'ARMES A BORDEAUX.

ᵒ⅌

Vous qui passez gaîment sur cette grande place,
Riches que le bonheur de ses deux bras enlace,
Prolétaires dispos à braver les malheurs,
Sybarites heureux, vivant d'insouciance,
Qui ne connaissez pas le fiel de la souffrance.
      Ni l'amertume des douleurs,

Arrêtez un instant votre marche joyeuse :
Ici, plus de gaîté; car une idée affreuse

Doit venir à l'esprit en contemplant ce lieu :
Cette place est l'endroit où l'on fait des maximes...
Ce palais, le séjour où l'on juge les crimes,
　　Et cet hôtel, c'est l'Hôtel-Dieu!!

Qu'il soit jour, qu'il soit nuit, dans ce vaste passage,
La douleur a toujours la main à son ouvrage;
Le sort ne cesse pas d'exercer son courroux;
Il ne bouge jamais de cet endroit austère;
Et, quand sa proie arrive, il prend son cimeterre
　　Et la terrasse sous ses coups...

Aujourd'hui, sur la place, on aperçoit la ligne
Escortant un des siens, qu'elle connaît indigne
De pouvoir vivre encor au milieu de ses rangs.
Le condamné paraît, froid ou versant des larmes,
Il se voit repoussé par ses compagnons d'armes
　　Et répudié pour longtemps...

Demain, dans ce palais où trône la justice,
Les débats s'ouvriront pour un long exercice;
On verra des fautifs arriver dans l'émoi...
Les juges devant eux dérouleront leurs drames,
Et s'ils sont reconnus pour d'horribles infâmes,
　　Ils subiront l'antique loi...

Ici, dans cet hôtel, oh! c'est bien autre chose :
Le destin furieux jamais ne se repose;

Il lui faut chaque jour des changements nouveaux :
Du jeune âge à présent, plus tard de la vieillesse ;
Tout s'arrête à sa voix, sa main ne fait sans cesse
Qu'ouvrir et fermer des tombeaux...

O vous donc qui passez sur cette grande place,
Réfléchissez souvent à l'affreuse disgrâce
Où tombent ces mortels bien nommés malheureux !
Criminels, innocents, attristés ou malades,
Tous ont droit d'être plaints : nommez-vous leurs pylades ;
Pour leur repos, faites des vœux !

Priez, priez pour eux ! la prière est si bonne ;
Elle fait tant de bien aux souffrants, elle donne
Tant de calme à l'esprit, tant d'allégresse au cœur !
Le Seigneur est si grand, il a tant de clémence,
Qu'il accorde souvent la joie à la souffrance,
L'espérance au plus grand pécheur !

Mars, 1848.

Un joyeux enfant
Prend un cerf-volant
Plus haut que sa tête;
Il le lance au vent,
Et, pour lui, c'est fête
De le voir sitôt
S'élever bien haut!
Mais la corde casse
Au bout d'un moment,
Et le pauvre enfant
Fait une grimace
Et reste pleurant...

D'un charmant spectacle
Quand on croit jouir,
Souvent un obstacle
Détruit le plaisir !

SUR LA TOMBE DE Mlle E. H.

Sous la fureur d'une tempête
Qui se montre affreuse toujours,
Pauvre fleur, tu courbas la tête
Au milieu de tes plus beaux jours;
En vain tu luttas, épuisée...
En attendant quelque rosée
Pour relever ton front si beau!
Mais rien n'apaisa ta détresse...
Et, toute fraîche de jeunesse,
Tu descendis dans le tombeau!...

SOUVENIR.

❧

Lisbonne, Oporto, Cintra, riches campagnes,
　　　Souvenir de bonheur
Aussi doux, aussi pur que ces chants des montagnes
　　　Qui font battre le cœur!

Que voulez-vous de moi, plaisirs de ma jeunesse,
　　　Rêves de mes beaux jours?
Que me rappelez-vous au sein d'une tristesse
　　　Qui m'afflige toujours?

Charmante Liberté, déesse à la voix tendre,
      Au regard souriant,
Loin du pays natal, toi qui me fis comprendre
      Un bonheur enivrant!

Hélas! le temps a fui... mes fêtes sont passées,
      Mes trésors sont perdus,
Et je vis maintenant seul avec des pensées
      Qui ne m'égayent plus.

Pourtant, dans mes longs jours de deuil et de souffrance,
      J'aime à me rappeler
Tous ces biens regrettés, et dont la souvenance
      Semble me consoler.

O grands bois d'orangers, que j'aimais vos ombrages,
      Le parfum de vos fleurs,
A savourer vos fruits mûris dans les feuillages,
      Aux vermeilles couleurs!

Que j'aimais les attraits de la jeune Espagnole
      Qui me souriait tant
Lorsqu'elle me voyait, dans ma passion folle,
      A ses genoux tremblant!

Que j'aimais, les beaux soirs, assis dans ma nacelle,
      Sur le Tage aux flots bleus,
A me sentir bercé, fuyant vers la mer belle
      Comme l'azur des cieux!

Que j'aimais, le matin, à courir sur les plages
      Pleines d'antiques forts,
Pour chercher les galets et les frais coquillages
      Qui décorent ses bords!

Oh! que de fois j'ai cru, transporté dans des rêves
      Pleins de brillants attraits,
Revoir ce vieux manoir, sis sur le bord des grèves,
      Qu'autrefois j'habitais!

Et tous ces beaux vaisseaux de commerce et de guerre
      Qui rentraient dans ces lieux,
Poussés par l'ouragan ou la brise légère,
      S'arrêtant sous mes yeux!

Hélas! maux et regrets ont remplacé ces charmes
      Dont j'aimais à jouir,
Et loin de ces beaux lieux je ne trouve que larmes
      Quand vient le souvenir!!

Bordeaux, 1850.

L'ÉTANG DE CAZAUX.

Ah! ce n'est point le lac de Côme ou de Genève
Avec les verts coteaux qui décorent leurs bords;
Le bonheur en ces lieux paraît être un vain rêve,
Tant la belle nature y cache ses trésors!
Pas de rocher bruni, pas de plage dorée,
Pas de monts reflétant leurs sommets dans les eaux,
Pas de pêcheurs joyeux, pas de vague azurée,
Des flots blancs seulement baignant de grands roseaux.
Ni le blanc goëland, ni la brune hirondelle,
Ne viennent effleurer ce sombre et grand miroir.
L'habitant de Cazaux n'y livre sa nacelle
Qu'en redoutant toujours le grand tourbillon noir...

Et pourtant cette sombre et sauvage nature,
Cet air froid et pesant qui règne dans ces lieux,
Ce village aux maisons de chétive structure,
Tout cela sait charmer et mon cœur et mes yeux !
Ah ! c'est que j'aime tant, loin du monde profane,
A rêver dans un champ plein de tranquillité,
Et préfère aux palais une simple cabane,
Car c'est là seulement qu'on voit la liberté !

La Teste, 1852.

LES ADIEUX D'UNE MÈRE.

—

Au poète Béranger.

∽

Tu veux partir, me dis-tu, car la guerre
Est déclarée à notre cher pays;
Pourtant, mon fils, songe bien que ton père
A succombé dans les camps ennemis!...
Mais puisqu'il faut secourir la patrie,
Quand lâchement l'outragent des tyrans,
Et quand sa voix noble et fière s'écrie :
Pour me venger, accourez, mes enfants!...

Va! pars, mon fils, puisque l'honneur t'appelle,
Je prîrai Dieu de veiller sur tes jours;
Mais que ton cœur reste toujours fidèle
      A ton village, à tes amours!

13*

Quels sont ces cris?... Déjà, dans le village,
Tous tes amis murmurent qu'ils sont prêts.
O mon enfant! ranime mon courage,
Et que ta voix calme un peu mes regrets...
Mais non, tes yeux ont des larmes furtives;
Malgré ma peine, oh! vole au rendez-vous :
Tes compagnons abandonnent nos rives,
Sans plus tarder, mon fils, embrassons-nous!

Va! pars, mon fils, puisque l'honneur t'appelle,
Je prîrai Dieu de veiller sur tes jours;
Mais que ton cœur reste toujours fidèle
    A ton village, à tes amours!

Et lorsque au camp le signal des alarmes
Retentira sonore et belliqueux;
Quand mille voix crîront partout aux armes,
Et que l'écho viendra jusqu'en ces lieux,
Oh! songe bien qu'ici ta pauvre mère
Sera souvent sans force et sans espoir...
Et qu'en vengeant ton pays et ton père,
Tu dois aussi penser à la revoir!...

Va! pars, mon fils, puisque l'honneur t'appelle,
Je prîrai Dieu de veiller sur tes jours;
Mais que ton cœur reste toujours fidèle
    A ton village, à tes amours!

DENIS–AUGUSTE AFFRE.

O toi, bon citoyen, chrétien digne et fidèle,
Toi qui voulus braver un péril éminent,
Pour apaiser les feux d'une guerre cruelle
Et montrer aux Français leur triste égarement !

Toi dont le dévoûment humain et magnanime
Fut, ô pieux martyr, si mal récompensé,
Mais qui pus t'écrier, dans un élan sublime :
« O Seigneur ! que mon sang soit le dernier versé ! »

Ah! quand nous déplorons ta voix sainte et chérie
Qui voulait empêcher tant de débats affreux,
Puisses-tu de là-haut veiller sur la patrie,
Et bénir les enfants qui t'adressent leurs vœux !

MÉRIGNAC.

———

A mon ami F. D.

ↄ,ↄ

Ami, quand reviendra la saison des beaux jours,
Quand les fleurs, les oiseaux, les chansons, les amours,
La brise parfumée et la douce verdure,
Reviendront égayer et charmer la nature;
Quand tous les habitants des cités et des champs
Souriront aux trésors qu'offrira le printemps,
Si tu veux, un matin, nous quitterons la ville,
Bras dessus bras dessous, l'esprit calme et tranquille,
Pour aller voir, tous deux, le rustique séjour,
La simple maisonnette où j'ai reçu le jour.

Tu dois te souvenir de cet enclos champêtre
Bien sombre, bien petit, bien pauvre, mais peut-être
Bien riant à ta vue et bien cher à ton cœur;
Car il peut, comme à moi, te parler du bonheur
Que nous avons goûté dans ces jours de jeunesse,
Où tout était, pour nous, amour, transport, ivresse.
Hélas! ils sont passés avec leurs doux plaisirs,
Avec nos rêves d'or et nos charmants loisirs.
Sur le fleuve des ans notre barque légère,
Au lieu du zéphyr doux qui la poussait naguère,
Ne trouve maintenant, en parcourant son cours,
Qu'un vent impétueux qui l'assiége toujours...
Ces beaux flots qu'on voyait autrefois si limpides,
Se montrent à présent bouillonnants et rapides...
Et bientôt nous serons, dans le sombre Océan,
Abandonnés au gré d'un terrible ouragan...

Mais laissons aujourd'hui ces pensers de tristesse,
Et retournons parler du village natal,
Du toit où j'ai connu ma plus douce allégresse,
Où j'ai vu du bonheur le reflet virginal!
Oh! c'était à mes yeux ma plus belle fortune
Que ce bien fugitif tant de fois regretté,
Où j'ai vu s'écouler des jours sans infortune,
Où jamais l'avenir ne me vit attristé.
Que de paix, que d'amour, que d'ombre et de silence
Parmi ces pampres verts et ce verger fleuri;
Dans cette antique chambre où ma débile enfance,
Contre les coups du sort, trouvait un doux abri, .

Comme l'air était pur dans cette humble retraite !
Comme j'aimais à voir ce vaste et vieux segrais,
Depuis la verte haie où ma vue indiscrète
Suivait les promeneurs cherchant l'ombre et le frais !
Oh ! que j'aimais aussi, que j'aimais, dès l'aurore,
Les chansons et les cris de tant de gais oiseaux ;
Et, le soir, écouter la clochette sonore
Qu'en rentrant au bercail agitaient les troupeaux !
Que j'aimais ces ébats, ces plaisirs sans mélanges,
Qui charmaient, comme moi, tous mes petits amis ;
Que j'aimais la gaîté de ces jours de vendanges
Où tous les familiers se trouvaient réunis ;
Que j'aimais... Mais, hélas ! ma plume ici s'arrête
Pour retracer plus loin des souvenirs si doux ;
Je ne puis plus parler des liens que je regrette
Sans penser à ce sort qui nous afflige tous.
Pour terminer ce chant, je sens que ma main tremble...
Car j'ai trop à la fois d'amour et de douleur ;
J'aime mieux qu'au printemps nous retournions ensemble
Parler encor, là-bas, de nos jours de bonheur !

LA CHAPELLE D'ARCACHON.

Asile bienheureux, chapelle solitaire,
Aux murs demi-cachés par les arbustes verts,
Toi qui reçois les vœux et la douce prière
De tous ceux que la foi sauve des flots amers;
Quand la tempête gronde et que l'onde en furie
Menace d'engloutir les vaisseaux ballottés,
Les pauvres mariniers, confiants en Marie,
Promettent de longs vœux, s'ils sont bien écoutés.
Voyez aussi sa nef bizarrement parée
De tableaux et d'objets venant des naufragés!
Heureux celui qui croit en la Vierge adorée,
Il est bien sûr qu'un jour ses vœux sont exaucés.

14

Aussi, quand le printemps ramène sur son aile
Les doux plaisirs des champs, les fleurs et les beaux jours,
Les baigneurs d'Arcachon vont, en troupe fidèle,
Revoir ce lieu chéri, témoin de tant d'amours!
Oh! ne touchez jamais à l'antique chapelle
Si vous avez désir d'avoir un lieu plus grand...
Laissez-lui sa parure, et bâtissez loin d'elle,
O chrétiens! et venez-y prier plus souvent!...

Arcachon, dans la forêt, 1852.

ELLE ET MOI.

Le printemps qui vient de naître
Fait éclore bien des fleurs,
Et m'apporte à ma fenêtre
Ses plus suaves senteurs;
Au loin j'aperçois la plaine
Reverdir sous son haleine,
Et montrer son beau séjour.
Allons donc, ma bien-aimée,
Nous asseoir sous la ramée,
Pour parler de notre amour!

Oh! combien la brise est douce,
Courons vite dans les champs
Chercher un frais lit de mousse
Sous les chênes verdoyants!
En contemplant la nature,
Le ciel, les eaux, la verdure,
Nous serons ravis tous deux.
Allons courir les prairies,
Et faire nos rêveries
Dans les beaux vallons ombreux.

Dans ce temps rempli d'ivresse,
Que d'amours, que de doux sons!
Oh! viens donc chanter sans cesse
La plus belle des saisons!
Vois, là-bas, dans ces campagnes
Et sur les hautes montagnes,
Paître ces nombreux troupeaux;
Regarde, ô mon adorée!
Luire la brume azurée
A l'horizon des cotéaux.

Allons voir monter la sève
Au front des arbres fruitiers,
Et la plante qui s'élève
Vivace dans les sentiers;
Allons cueillir l'aubépine
Qui fleurit sur la colline,

Au milieu des buissons verts,
Et dont la brise enivrante
Laisse l'odeur odorante
En passant parmi les airs.

Vers une lointaine rive
Se sont enfuis les frimats,
Et Philomèle plaintive
Revient dans nos doux climats;
Écoutons, sous la feuillée,
La troupe vive, éveillée
Des oiseaux gais et jolis
Qui disent, dans leur langage :
« Heureux qui rentre en ménage,
Et qui rêve à ses doux fruits! »

On entend chanter sans cesse
Laboureurs et vignerons,
Qui voient avec ivresse
Leurs vergers et leurs sillons.
Le blé vivement s'élance,
Et le pampre, sans souffrance,
Commence à montrer son fruit...
Tout nous promet une année
Belle, heureuse et fortunée,
Que Dieu surveille et bénit!

Vois les eaux de la rivière,
Au cours bien silencieux,
Réfléchissant la lumière,
Et l'azur qui brille aux cieux!
Tout ravit, tout nous enchante,
Tout rend notre âme contente,
Tout nous convie au bonheur!
Allons donc, ma bien-aimée,
Nous asseoir sous la ramée,
Pour rendre grâce au Seigneur!

LE CHEVAL LANDAIS.

—

A M. F. Bopp.

Le voyez-vous, fringant et leste,
Parcourir la grande forêt;
Avec lui, de Dax à la Teste,
En un jour je fais le trajet :
Le sang arabe est dans ses veines,
Son trot est ferme et chaleureux,
Car il franchit dunes et plaines
Sans perdre son air courageux.

Trotte, trotte, mon gai cheval,
Toi qui parais infatigable;
Oui, tes pieds font voler le sable
En franchissant mont, plaine et val :
Trotte toujours, mon bon cheval.

Amateurs des races parfaites,
Maquignons et palefreniers,
Qui donnez des noms à vos bêtes
A faire pâlir des guerriers,
Ah! je n'ai point votre science
Pour l'art auquel vous souriez,
Mais pourtant, sachez bien qu'en France
Rien ne vaut le cheval landais.

Trotte, trotte, mon gai cheval,
Toi qui parais infatigable;
Oui, tes pieds font voler le sable
En franchissant mont, plaine et val :
Trotte toujours, mon bon cheval.

Les alezans de Normandie,
Les poneys et les andaloux,
Et les coursiers de l'Arabie,
Montrent-ils un poil aussi doux?
Ont-ils la crinière plus noire
Que toi, mon petit valeureux?
Oui, malgré qu'on te vende en foire,
Au travail tu vaux bien mieux qu'eux.

Trotte, trotte, mon gai cheval,
Toi qui parais infatigable;
Oui, tes pieds font voler le sable
En franchissant mont, plaine et val :
Trotte toujours, mon bon cheval.

FRANÇOIS DE CHATEAUBRIAND.

⚬╞⚬

Hélas! dans ce temps de souffrance,
Quand le malheur est triomphant,
Tu perds encore, ô pauvre France,
Ton plus noble et sublime enfant!
O Muses, dont il fut la gloire,
Dieux, que sa lyre a révérés,
Offrez des chants à sa mémoire,
Et bien souvent pleurez, pleurez!

Religion divine et pure,
Tu perds un brave défenseur;
De tes beaux tableaux, ô Nature,
Tu perds un savant producteur.
Chrétiens, dont la vertu se vante,
Amants, des amours préférés,
Regrettez bien cette âme aimante,
Et bien souvent pleurez, pleurez!

Pour la croix et pour la patrie,
Apôtre saint, noble soldat,
Il avait consacré sa vie,
Jurant de mourir au combat.
Admirateurs de sa vaillance,
Soutiens de ses projets sacrés,
Courbez votre tête en silence,
Et bien souvent pleurez, pleurez!

Juillet, 1848.

EUROSIA.

—

A M. Alfred de M.

o\o

. . . .
. . . .

Pourquoi, mon jeune ami, te montrer si timide
Quand j'adresse à ton cœur quelques mots amoureux?
Pourquoi ne pas répondre avec ta voix candide,
Et pourquoi tant rougir en rencontrant mes yeux?
Toi le plus beau pasteur de notre doux village,
Toi qui fais le tourment de plus d'une volage,
Toi qui te vois fêter et suivre chaque jour,
Pourquoi ne pas chercher à connaître l'amour?

Viens t'asseoir près de moi, jeune homme au regard tendre;
Viens, je veux te parler et te faire comprendre
Un bonheur qui, plus tard, charmera tes loisirs;
Viens échanger tes goûts pour d'enivrants plaisirs!
Approche-toi plus près... découvre ta figure,
Laisse tes beaux yeux noirs sur les miens se poser,
Laisse ma main courir parmi ta chevelure,
Et reçois doucement cet humide baiser!...
— Eh bien! ne sens-tu pas s'allumer dans ton âme
Un feu vif et brûlant? Ne sens-tu pas ton cœur
Palpiter fortement et presque avec douleur?
— Oh! si... — Tu sens cela... ton visage s'enflamme!...
J'aperçois ton regard devenir langoureux;
Tu soupires souvent... tu deviens amoureux.

.   .   .   .

.   .   .   .

.... Huit jours après on vit dans le village
La belle Eurosia montrant son beau pasteur,
Qui venait de céder aux lois du mariage,
Et qui, tout radieux, parlait de son bonheur.
Ce n'était plus l'enfant ayant peur d'une femme,
Abaissant son regard devant chaque beauté;
Il s'était réveillé sous des baisers de flamme,
Et marchait maintenant ivre de volupté!

LISETTE.

ॐ

Où donc allez-vous, Lisette,
    Bergère aux yeux doux,
Je vous trouve au bois seulette,
    Ah! j'en suis jaloux.

Vous avez un but, ma chère,
    Je suis méfiant...
Peut-être, dans la clairière,
    Quelqu'un vous attend?...

— Oh ! non, dit la bergerette,
    Je vais seulement
Cueillir la verte noisette,
    Et n'ai point d'amant.

— Eh bien ! acceptez, ma belle,
    Mon bras amoureux ;
Ne faites pas la rebelle,
    Nous serons heureux !

— Viens sous la coudrette ombreuse,
    Reprit le berger.
Mais la bergère, peureuse,
    Cherche à s'échapper...

Mais avant que la pauvrette
    Gagnât le chemin,
Son pied glissa sur l'herbette...
    Ah ! plaignez-la bien !...

MON COEUR AURAIT BESOIN D'AIMER.

∽

Vous qui vivez sur cette terre
Exempt de peine et de douleur,
Ou qui, malgré votre misère,
Trouvez encore le bonheur,
Pour jouir de cette allégresse
Qui constamment sait nous charmer,
Ah! je le dis avec tristesse,
Mon cœur aurait besoin d'aimer!

15*

Quand, parmi les fêtes du monde
Ou dans quelques rustiques lieux,
J'aperçois la brune ou la blonde
Faire briller leurs jolis yeux,
Je sens s'allumer dans mon âme
Un feu qui veut la consumer.
Ah! pour en adoucir la flamme,
Mon cœur aurait besoin d'aimer!

Heureux qui possède une amie,
Heureux qui, la nuit et le jour,
Peut entendre une voix chérie
Murmurer des chansons d'amour!
Heureux qui, sous une caresse,
Sent ses transports se ranimer.
Ah! pour connaître cette ivresse,
Mon cœur aurait besoin d'aimer!

LA CHASSE AUX CANARDS.

Habitants des grands marécages,
Pêcheurs–chasseurs de tous cantons,
Qui souriez quand sur vos plages
Tombe la neige à gros flocons,
Les eaux dorment, la nue est grise,
Le gibier fuit de maints endroits,
Et le souffle fin de la bise
Fait présager des jours bien froids.

Oui, le temps se tourne à la glace,
Le jour se montre sans brouillards,
Gais pêcheurs, mettez-vous en chasse,
Tendez vos filets aux canards!

Dans les étangs des grandes landes,
Au milieu des marais salants,
Parmi les algues et les brandes,
Voyez que d'oiseaux voltigeants :
Plongeurs dorés, brunes sarcelles,
La nuit redoublent leurs ébats,
Et le matin, des milliers d'ailes
Se débattent sur les *crassats*.

Oui, le temps est bien à la glace,
Les jours se montrent sans brouillards,
Gais pêcheurs, poursuivez la chasse,
Attrapez toujours des canards!

Ma foi, quand on n'a pas la fièvre,
Le gibier n'est pas bien mauvais,
Et le canard comme le lièvre,
En salmis, font de très-bons mets.
Aussi, si la saison des roses
Offre des douceurs en plein air,
Il n'est pas mal de bonnes choses
Qui charment les longs jours d'hiver!

Oui, quand le temps est à la glace,
Et que les jours sont sans brouillards,
Heureux celui qui fait la chasse
Et qui peut manger des canards!

La Teste, novembre 1852.

Aux Sœurs de Charité.

A vous, mes bonnes sœurs, douces consolatrices
De tant de malheureux, — à vous ce chant pieux,
Vous qui délaissez tout pour faire ces services
Où le cœur et le bras souffrent sans être vieux.

Vous imposant toujours de bien grands sacrifices,
Vous marchez en donnant des soins officieux
Au moribond qui meurt sous vos saintes auspices;
Vous recueillez sa peine et ses derniers adieux.

Oh ! sur tant de blessés, toujours à coupes pleines
Versant de frais parfums, nouvelles Madelaines,
Vous savez adoucir un sort triste et cruel.

Pour vos effusions, vos bontés infinies,
Au nom du Dieu d'amour, femmes, soyez bénies !
A vous la palme d'or à cueillir dans le ciel.

UN MATIN DE PRINTEMPS.

—

A M. A. de Lamartine.

Le printemps étendait sur toute la nature
Ses ombres, ses rayons, ses fleurs et sa verdure,
Et les petits oiseaux commençaient à la fois
A construire leurs nids aux champs et sur les toits,
Enfin, mai, tout brillant, allait bientôt paraître.
J'étais seul à rêver à ma calme fenêtre,
Les yeux sur l'horizon, bénissant le Seigneur
De ce qu'il redonnait la joie et le bonheur
Aux pauvres laboureurs, aux travailleurs des villes;
Car l'hiver ne les rend pas toujours bien tranquilles :

Le manque de travail, le froid, la pauvreté,
Mettent leur âme en peine et leur cœur attristé...
J'étais donc à rêver quand une belle dame,
Passant devant mes yeux, fit tressaillir mon âme.
Sa tenue était noble et bien douce à la fois,
Ses grands yeux noirs brillaient, me regardant parfois ;
Et moi, sentant au cœur une ivresse inconnue,
Je tremblais de plaisir et d'amour à sa vue.
Mais tandis qu'elle allait prendre le grand chemin,
Un pauvre vint près d'elle en lui tendant la main ;
Aussitôt je la vis sortir, toute tremblante,
De son beau *ridicule* une bourse brillante ;
Elle l'ouvrit soudain, et sa main noblement
Mit dans celle du pauvre une pièce d'argent,
En lui disant des mots que je ne pus comprendre.
Mais quand elle partit, je fus, sans plus attendre,
Donner ma faible aumône au pauvre malheureux
Qui faisait sa prière, en suivant de ses yeux
Celle qui fut pour lui si bonne et généreuse.
— Je lui dis : Cette dame a l'air bien vertueuse ;
Dites-moi, mon ami, que vous a-t-elle dit?
— Peu de chose, Monsieur, mais sa voix réjouit
Encor mon pauvre cœur brisé par la souffrance ;
Elle m'a dit : « Gardez à jamais l'espérance,
» La foi, la charité dans votre âme, et l'amour,
» Et bénissez souvent le Créateur du jour ! »
Voilà ce qu'elle a dit, Monsieur ; je la crois digne
D'avoir un jour la place au ciel que Dieu désigne
Pour les cœurs vertueux. — De même je parlai
A ce pauvre vieillard qui m'avait enivré
Par ces mots si touchants. — Il poursuivit sa route
En me disant : Merci. — Depuis lors, quand je doute

Qu'il n'est pas ici-bas de vrais cœurs vertueux,
Et qu'après qu'ils sont morts ils ne vont pas aux cieux,
Je pense aux mots du pauvre, aux bienfaits de la dame,
Et je sens revenir le calme dans mon âme.

Bordeaux, 1851.

PENDÈN LA TEMPESTO.

« Bèu, moun amic, bèu, moun praoube maynatgo,
Anèm touts dux aou pé de la grand'croux,
Per prégua Diou que ramène aou ribatgo
Touts lous batéous das praoubes pécadous.
Dumpèy jèy nèy que la tempesto groundo,
Nat mariney aci n'a parèchut,
Soun touts adare à lutta countre loundo
Èn demandan à grands crits lur salut :

— Oh ! bèu prégua dambé ta may
Per rebeyre toun praoube pay. »

Dis coume jou : « Moun Diou, noste boun pèro,
» Dègne abècha tous regards sur nous aou;
» As pécadous fey rebeyre la terro,
» Fey què cadun rebène à soun oustaou;
» Tout lou billatgo és plounjat dèn les larmos,
» Cadun frèmis aou bruèy de l'ouragan,
» Dègne, ô moun Diou! fa cessa las alarmos,
» Din lou repaou fey rèntra l'Oucéan! »

— Oh! prègue bien dambé ta may
Per rebeyre toun praoube pay.

L'aouratgo aou louyn se remet en furio,
Lou bènt redouble et bat pus fort lous flots,
Prèguèn, amic, prèguèn tabé Mario
Què sigue encar propice as matelots :
« May de Jésous! may plène de tendresso,
» Bous què rèndets l'espoir as malhurus,
» Gueytats nos plous, gueytats noste tristesso,
» Deslibrats-nous d'aquets tourmèns affrus! »

— Oh! prègue bien dambé ta may
Per rebeyre toun praoube pay.

. . . .
. . . .
. . . .
. . . .

La nèy après la tempesto et l'aouratgo
Èrent calmats et lou cèou ère cla,
Et lou matin birent sur lou ribatgo
Lous pécadous lèntemèn abourda;
Ènsènble après, suiban l'èntique usatgo,
Furent prégua aou pé de la grand'croux;
Et puy la may dichut à soun maynatgo
Èn échugan èncare quauques plous :

— Oh! bénis Diou dambé ta may,
Nous a rendut toun praoube pay !!

Pointe-du-Sud, novembre 1852.

—◦◦◦◦◦—

UNE FLEUR.

––––

Sur la tombe de Frédéric Soulié.

✻

Quand un homme de bien abandonne la terre,
  Tout ce qui porte un noble cœur
Sent des pleurs de regrets rouler dans sa paupière,
  Et dans son âme la douleur.

On déplore l'ami dont la voix nous fut chère,
  On se plaint tout bas au Seigneur
De nous avoir ôté cet appui nécessaire
  Quand on tombe dans le malheur.

Mais tout en gémissant et répandant des larmes,
A son doux souvenir on retrouve des charmes :
    L'absinthe se mélange au miel.

C'est qu'on sait que celui qui fait notre tristesse
A vécu sur la terre en aimant la sagesse,
    Et qu'il jouit en paix au ciel !

LE JEUNE MOURANT.

—

A M. Ém. Deschamps.

०|०

Je vais mourir... Hélas! au printemps de la vie,
Mourir quand les jardins vont partout refleurir,
Quand l'agneau va bondir sur la verte prairie,
Quand mille amants joyeux vont penser à s'unir!
Tout va parler d'aimer, ô faveur enivrante!
Je soupire à ces mots et pleure tour à tour;
Car je n'ai pas connu les baisers d'une amante,
Et pourtant, ô mon Dieu, j'avais beaucoup d'amour!

Pauvre et toujours souffrant, dès ma plus tendre enfance,
Je me suis vu grandir sans espoir d'être heureux,
Tandis que mes amis, en pleine jouissance,
Savouraient du bonheur les fruits délicieux !
Quand ils ont désiré trouver une âme aimante,
Ils ont été charmés !... et moi, jusqu'à ce jour,
Je n'ai jamais connu les baisers d'une amante,
Et pourtant, ô mon Dieu, j'avais beaucoup d'amour !

Sur son lit de douleur, quand on va rendre l'âme,
Quand on va prononcer ses éternels adieux,
Heureux sont les mortels qui trouvent une femme
Pour leur tendre la main et leur fermer les yeux !
On s'endort doucement à sa voix consolante...
Mais moi qui vais quitter ce terrestre séjour,
Je n'aurai pas connu les baisers d'une amante,
Et pourtant, ô mon Dieu, j'avais beaucoup d'amour !

Un pêcheur, bien loin de la rive,
Jetait gaîment ses blancs réseaux,
Soudain une tempête arrive
En soulevant les lourdes eaux.
Pour braver sa noire ennemie,
Il s'enfuit avec énergie
Vers le rivage hospitalier;
Mais, hélas! en sauvant sa vie,
Il perd son filet tout entier.

Le voilà dans l'anse paisible
Avec son esquif retiré,
Mais la mer qui gronde terrible
Rend son cœur fortement serré...
Son filet, sa fortune chère,
Qui le charmait dans sa misère,
Ne paraîtra plus à ses yeux;
Pour lui, sur mer comme sur terre,
Il n'aura plus de jours joyeux.

Ainsi, quand quelque brillant rêve
Paraît nous charmer pour longtemps,
Comme le pêcheur sur la grève
Qui va partir par un beau temps;
Quand aucun souci n'importune,
Qu'on croit qu'une bonne fortune
Doit conduire au parfait bonheur,
Survient toujours quelque infortune
Qui nous plonge dans la douleur...

LES PINS INCENDIÉS.

———

A M. Théodore D.

⚭

Le soleil se couchait, et l'ombre et le mystère
Commençaient à régner dans les champêtres lieux ;
Le joyeux résinier, regagnant sa chaumière,
Chantait de sa chanson le refrain amoureux ;
C'était un soir charmant, pur, calme et poétique ;
L'air était tiède et doux, les zéphyrs embaumés ;
Philomèle tout bas entonnait un cantique,
Et l'Angélus tintait ses sons accoutumés :
Tout à coup la forêt apparaît nuageuse...
Le couchant empourpré perd soudain son éclat,
De longs jets enflammés, dans la forêt ombreuse,
Annoncent que le feu prend aux pins de l'État ! !

17

Voyez, déjà partout la fumée est rougie...
Accourez, habitants du village voisin,
Les gardes-forestiers crient à l'incendie,
Et l'Angélus se tait pour sonner le tocsin !...
Comme les matelots, au sein d'une tourmente,
Coupent cordes et mâts pour sauver leur vaisseau,
Le Landais, hache en main, en tous lieux se présente,
Traçant dans les semis un passage nouveau...
Bientôt le feu s'éteint... semblable à la tempête,
Abaissant par degrés ses ravages affreux.
Mais moi, triste et pensif, j'allais, courbant la tête,
Et je disais, voyant cet aspect désastreux :
— « O ma belle forêt ! beaux pins dont les ramures
» Abritèrent souvent tant d'oiseaux passagers,
» Vous qui formiez toujours d'harmonieux murmures
» Aux grands vents déchaînés comme aux zéphyrs légers !
» Joyeux chantres des bois, où sont ces doux asiles
» Où vous chantiez l'amour en construisant vos nids !
» Sémillants écureuils qui viviez si tranquilles,
» Sur les arbres voisins vous pleurez vos petits !
» O nature, ô grands bois, rameaux, feuilles chéries,
» Verdure dont j'aimais l'éclat et la douceur,
» Oh ! laissez-moi, mon Dieu, sur tant de fleurs flétries,
» Pleurer, donnant toujours un regret de douleur !... »

. . . .
. . . .

PETITS AGNEAUX.

Dans les bruyères roses
Et les ajoncs dorés,
Parmi les fleurs écloses
Qui diaprent les prés,
Quand avril fait paraître
Ses rustiques tableaux,
Que j'aime à vous voir paître,
Charmants petits agneaux !

J'aime quand, solitaires,
Vous mêlez doucement
Aux chansons des bergères
Votre doux bêlement!
J'aime au sein de la plaine,
Dans l'onde des ruisseaux,
A baigner votre laine,
Charmants petits agneaux!

Tandis qu'au sein des villes
S'agitent les méchants,
Vous, joyeux, mais tranquilles,
Vous égayez les champs!
Vous coulez sans envie
Des jours calmes et beaux!
Que j'aime votre vie,
Charmants petits agneaux!

LE CHEMIN DE FER.

◇◦

La voyez-vous briller, comme un beau météore,
Cette ardente vapeur prompte comme l'éclair,
Qui, du nord au midi, du couchant à l'aurore,
Franchit plaines et monts sur ses chemins de fer?
Rivières et forêts, landes et marécages,
Tout se trouve animé, tout paraît souriant,
Et les vieilles cités distantes des villages,
Comme deux bras tendus, se touchent maintenant.

Honneur donc à tous ceux qui dotent notre France
De notables beautés, et qui tiennent à cœur
De ne pas reculer, quand le progrès s'avance
Avec l'humanité comme avec la vapeur!

L'ENFANT ET LA ROSE.

∝∿

Une rose venait d'éclore
Aux rayons de la douce aurore :
— Une abeille vint s'y blottir.
— Un jeune enfant veut la cueillir...
Mais ses doigts sentent une épine.
Hélas! et tant qu'il se chagrine,
L'abeille sort du nid d'amour,
Et vient le piquer à son tour...
O tourment! l'enfant pleure et crie.
Vers lui court sa mère chérie;

Elle apaise d'abord ses cris,
Puis après lui dit : « O mon fils !
Toujours ainsi, dans cette vie,
La pomme d'or nous est ravie !
On voit rarement le plaisir
Enivrer l'homme à son loisir.
Le bonheur ressemble à la rose;
Il séduit bien, mais si l'on ose
En savourer tous les attraits,
Il laisse toujours des regrets. »

L'AMIGUO PERDUDO.

∘⧜∘

Soubèn, soubèn, didi dèns ma souffranço :
O mous béts jours que sets bous debinguts?
É tu tabé, moun amiguo d'ènfanço,
Oh! perqué doun né té rebédi plus?
Aymabi tan ta boëts pure et dibino,
Toun èl d'azur, toun froun plèn de candur,
Oh! loyn de tu qué mon co se chagrino!
Èn te perdèn ey perdut lou bounhur!

Quan déban jou passo quauque maynatgo
Aou regard doux coume un ange gardien,
Senti das plous coula sur moun bisatgo,
É rès alors ne pot me fa de bien.
Cé que lou tèns de ma calmo junesso
A moun esprit se retrace enchantur;
É, soupiran, didi dèns ma tristesso :
Èn te perdèn ey perdut lou bounhur!

Où doun sés-tu, moun aymablo coumpagno?
Tu qu'autescops te plèsèbes dan jou,
Habites-tu la bille ou la campagno,
Ah! respoun-mé per calma ma doulou?
Toutjoun èn bèn ma fèble boëts t'appello;
Mey baou, hélas! mey bédi lou malhur;
Rébèn, rébèn, te trobi toutjoun bello,
Èn te perdèn ey perdut lou bounhur!

Ah! nou, jamey ne rebingras encaro
Guida mous pas é me parla d'amour,
La grande ma qui touts dux nous séparo
Fey dissipa tout espoir de retour.
Reste doun loyn, toun amic se résigno
A te ploura dinqu'en un tèns meillur;
De te rebeyre aci-bas n'ès plus digno,
Èn te perdèn ey perdut lou bounhur!

Adiou, charmante é dibine innoucènço,
La sule é chère amiguo qu'ey aougut,
Regreterey à jamey toun absenço,
Cantrey toutjoun tes bertus sur moun luth;
Ah! podes-tu pardouna l'infidelo
Qué t'a dichat per un mounde troumpur :
Moun repenti fey ma pène cruello,
Èn te perdèn ey perdut lou bounhur!

—⁂—

FLEURS DES LANDES

LES PÊCHEURS DE MESTRAS ET DE GUJAN.

Les voyez-vous partir dans leur barque de pêche,
  Toujours frais et dispos,
Tendant leur voile grise à la rafale fraîche
  Qui caresse les flots !
A l'insensible flux leur esquif s'abandonne,
  Et plus tard au courant ;
Et que le temps soit pur ou que l'orage tonne,
  Ils vont toujours chantant :

18

— « Qu'il est doux d'être en mer quand la vague azurée
    Brille autant que les cieux,
Et que ses calmes flots sur la grève dorée
    S'étendent gracieux !
Ah ! qu'il est doux aussi quand la lame plus forte
    Vous berce avec bonheur,
Et qu'un rapide vent sans danger vous emporte
    Sur l'Océan grondeur !...

» Loin du banc du Mastoc où l'onde monte et brame,
    Nous jetons nos filets,
Et bientôt le poisson, en jouant sous la lame,
    Vient se prendre en nos rets ;
Nous le halons à bord, contents de notre ouvrage,
    Et repartons soudain
Pour aller échouer sur la natale plage
    Jusqu'au reflux prochain. »

Ah ! oui, chantez, pêcheurs, quand les vagues sont belles,
    Vos refrains amoureux,
Et revenez toujours montrant dans vos nacelles
    Des poissons bien nombreux !
Comme les paysans des asiles champêtres,
    Goûtant la liberté,
Vos jours s'écoulent beaux, car vous vivez sans maîtres
    Dans la félicité !

o¦o

Lorsque Ferdinand et Marie
Firent répandre tant de pleurs,
Combien votre âme endolorie
Dut souffrir, ô mère chérie,
En gémissant sur vos malheurs!

Pourtant, dans ces jours de veuvage,
Dans ce deuil qui vous attristait,
Vous trouviez encor du courage
Pour mettre à l'abri de l'orage
Le doux trésor qui vous restait.

Vos enfants, existants encore,
Avaient besoin de votre amour;
Il fallait votre voix sonore
Pour leur montrer à leur aurore
Ces vertus qui charment toujour...

Et bien des pauvres de la France
Avaient aussi besoin de vous,
Car vos dons et votre clémence
Allégeaient souvent leur souffrance
Quand le chagrin portait ses coups.

Votre touchante renommée
Était un baume à leurs douleurs.
Par vous leur âme était charmée :
Ils vous nommaient leur Reine aimée;
Car vous régniez sur bien des cœurs.

Hélas! pour vous plus d'allégresse;
Pour vos enfants plus d'avenir,
Adieu la coupe de l'ivresse,
Adieu ce bonheur qui, sans cesse,
Pour eux ne devait pas finir!

Voyez, voyez, ô pauvre Reine,
Comme tout fuit au moindre vent;
Voyez comme le mal enchaîne
Ceux qui croyaient vivre sans peine,
Sans voir un destin décevant.

Voyez, voyez, ô pauvre mère,
Comme le calme a peu de cours;
Comme le deuil et la misère
Arrêtent notre sort prospère,
Et nous font parler de secours.

Voyez comme tout change et tombe,
Comme un bonheur peut s'écrouler,
Comme un projet doré succombe,
Comme on peut heurter une tombe,
Comme on peut se voir exiler.

Mais vous qui viviez sans envie,
Assise au séjour des grandeurs,
Vous qui consacriez votre vie
A des travaux où tout convie
A répandre tant de douceurs,

Quand votre peine accoutumée
Vous abreuvera de regrets,
Cessez un peu d'être alarmée,
Car vous serez toujours aimée
Pour vos vertus et vos bienfaits.

Lestiac, 1849.

Dans un gazon à l'herbe douce,
Au milieu des rosiers en fleurs,
Un oiseau sur son lit de mousse
De l'hymen chantait les douceurs.

Il était au sein de l'ivresse
Voyant renaître les beaux jours,
Et sentant sa douce tendresse
S'épanouir sur ses amours.

Rien ne troublait son doux empire :
L'herbe verte, la fleur, le ciel,
Tout se montrait pour lui sourire,
Tout sur lui déversait du miel.

Et moi, témoin de ces beaux charmes.
Je pris ma tête dans mes mains,
Et répandis d'amères larmes
En pensant aux tristes humains.

LOUS PARANS.

⚜

Clunquats dèsus lurs xanquos
Toutjoun taou aouts mountats,
Que toquent las balanquos
Das pus grans pignadas!
Fusiou en bandouleyro,
Rouillat dempuy céns ans,
É biello carnaseyro,
Ah! baqui lous parans!

Bestits en praoube buro
É couyats en Basqués,
Pourtan la chebeluro
Couma las gens couquets;
Chèn sé bailla dé pèno,
Quan soun guardos aous champs,
Tricouta coumo un hemno,
Ah! baqui lous parans!

Estala lurs coudinos
Aou mèy de las fourèts,
Minja lard et chardinos
Chèn sé plagno de rès.
Acheytats sur la brano
De lurs agnelets blancs,
Toundo la broyo lano,
Ah! baqui lous parans!

Quan lou bèn dé nort piquo
Sé mète bûcheyroun;
Lou sèy minja la miquo
Èn fèdèn lou carboun;
Beyro coula sa bio
Sèns reybos aflijans,
N'ayma qu'uno chério,
Ah! baqui lous parans!

ADIEU!

Aux jours brillants du printemps de ma vie,
J'avais rêvé la gloire et son bonheur;
Toujours poussé par l'orgueil et l'envie,
Je marchais fier dans un chemin trompeur.
Mais aujourd'hui j'ai replié mes ailes,
Et, repentant, je m'en retourne à Dieu.
    Pourtant, ô palmes immortelles,
    En pleurant, je vous dis adieu!

Lorsque autrefois je prenais ma nacelle
Pour voyager sur une mer d'azur,
J'allais, chantant quelque chanson nouvelle,
Sous un beau ciel où brillait un air pur !
Mais maintenant j'y vois courir l'orage,
Et je frémis en voyant mon enjeu...
  O calme et fortuné rivage,
  En pleurant, je te dis adieu !

Un saint amour enchantait ma carrière,
Je lui donnais une part de mon cœur.
Ivre toujours d'une espérance chère,
De ses doux fruits j'adorais la liqueur ;
Mais en brisant ma coupe d'ambroisie,
J'ai vu, hélas ! s'enfuir mon plus cher vœu...
  O bel ange de poésie,
  En pleurant, je te dis adieu !...

SIMPLES PENSÉES.

Il n'y a pas de société possible sans lois, ni de liberté sans ordre. Ceux qui veulent enfreindre ces deux règles n'ont ni bon sens ni jugement : ce n'est que de l'exaltation qui touche à la folie.

Le foyer de l'amour ne s'éteindra jamais, et la poésie y allumera toujours son flambeau.

Celui qui reçoit avec dédain ou indifférence le reproche qu'on lui fait de ses fautes, ne doit être regardé que comme

19

un sot, et n'est pas digne qu'on lui porte le moindre intérêt.

La paresse décourage, et l'envie fait perdre les meilleurs
sentiments.

On se moque facilement d'un visage laid, d'un corps
difforme et d'un pauvre d'esprit, et l'on se plaît à sourire
aux charmantes personnes et aux érudits, sans jamais penser aux volontés de la nature.

L'erreur se pardonne aux yeux des hommes; mais le
crime n'obtient grâce que devant Dieu.

L'étude et la réflexion font le charme de l'oisiveté.

On s'efforce souvent à vouloir ramener des égarés à la
raison par la patience et la douceur; mais quand la cor-
ruption ronge leurs cœurs, il est impossible de les ré-
duire.

La médisance est une maladie chronique qui produit
des effets en tous temps.

La politesse et la bienveillance ont droit à l'estime et
au respect; mais l'étiquette, avec sa fatuité et son em-
phase, ne vaut pas la peine qu'on lui accorde le moindre
sourire.

Il est noble de montrer de l'honneur quand on outrage
votre conscience; mais on perd dans l'humanité de se
nourrir de fiel et de haine.

Quand un vil ennemi vous diffame et qu'on croit se compromettre en lui parlant d'honneur, on ne doit se servir que de deux armes pour se venger de ses injures : le dédain et le mépris.

La gourmandise rend détestable, et l'indiscrétion fait haïr.

Les véritables amis sont ceux qui ne vous critiquent pas, et qui vous défendent même quand vous avez commis des fautes.

L'ambition et la gloire peuvent se donner la main pour marcher ensemble; elles sont aussi décevantes l'une que l'autre.

Le mensonge est un vice qui prend naissance dans l'enfance, qui produit ses fruits durant l'âge de la raison, et qui ne s'éteint qu'à la mort.

On ne doit jamais sortir de son rang ni de sa condition, de crainte de se trouver abaissé en montant la première marche qui mène à l'élévation.

La jalousie est un fiel que les méchants savourent avec délices.

Il vaut mieux passer pour un nigaud et mener une bonne conduite, que d'être homme d'esprit et renier la vertu.

L'originalité est indomptable comme la nature, et ni la

raison ni la métaphysique ne peuvent prendre empire sur elle.

La calomnie rend odieux, et la lâcheté méprisable.

Le bon sens n'est que le subalterne de l'esprit; mais il lui est préférable sous tous les rapports.

Sans amour, pas de bonhenr; sans foi, pas de consolation.

A quoi servent les sottes prévenances, ces vaniteuses prétentions, ces poses étudiées, ce parler affecté, et toutes ces scènes fastidieuses où l'on se plaît à jouer, quand on est sûr qu'un jour le ver du tombeau rongera notre face?...

Les manières les plus exquises et les plus charmantes, et le genre le plus noble et le plus attrayant, ne se trouvent que dans la simplicité et la candeur, et tout cela repose sur la vraie religion.

La méchanceté est un véritable péché, et la colère n'est qu'un emportement que l'honneur et la raison guident bien des fois.

Le talent qu'on croit posséder ne s'acquiert pas en se vantant soi-même; ce sont des juges nombreux qui l'apprécient et le proclament.

Il est rare de voir un service rendu être payé d'un retour équivalent au bien que ce service a fait : si l'oubli ne prend pas le dessus, c'est l'indifférence qui agit à sa place.

On voit beaucoup de gens parler de reconnaissance dans un transport de contentement ou d'intérêt, et devenir après de grands oublieux envers leurs bienfaiteurs.

Les titres ne sont bien donnés qu'aux citoyens à la fois capables et vertueux, et les décorations ne sont bien portées que par les vrais savants, les administrateurs intègres et les soldats valeureux.

Les opinions politiques sont le fléau des sociétés, parce qu'elles font perdre en un jour les plus chères croyances et les plus douces amitiés.

La meilleure fortune est la paix du cœur.

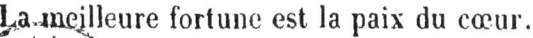

19·

TABLE.

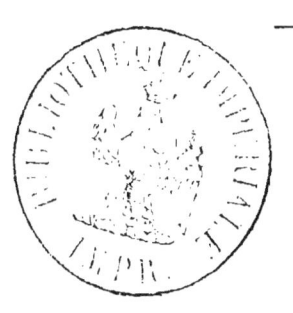

— 225 —

⚜

Nous croyons être agréable à nos lecteurs en leur annonçant que les principaux morceaux lyriques que renferme ce volume sont embellis d'une charmante musique due au talent de M. F. Bopp, artiste du Grand-Théâtre de Bordeaux. — Se trouvent chez les marchands de musique de notre ville.

La romance *Mon cœur aurait besoin d'aimer* a été également embellie par un jeune artiste, M. G.-V., de la Teste.

⚜

POUR PARAÎTRE DANS LE COURANT DE L'ANNÉE,

DU MÊME AUTEUR:

AU MOIS DE FÉVRIER

ROMAN HISTORIQUE.

Un beau volume de 350 pages.